Phébus *libretto*

LA PROVINCE DES TÉNÈBRES

DANIEL ARSAND

LA PROVINCE DES TÉNÈBRES

roman

Phébus *libretto*

Illustration de couverture :
Vittore Carpaccio
Le Départ des ambassadeurs (cycle de Sainte Ursule)
Accademia, Venise

A Nicole, Evy et Kathy
A Antonia.
A Pascale G.

LE ROMAN DE MONTEFOSCHI

I

Héthoum II, roi de Petite Cilicie et roi franciscain, oscilla sans cesse entre le monastère et le trône. En moins de douze années, il abdiquera deux fois et trois fois se saisira du sceptre. Et lorsqu'il régnait, il avait le visage tourné vers la croix.

Un soir de l'an 1289, il priait Dieu pour que se maintînt longtemps encore l'amitié politique qu'il avait nouée avec Rome. Certains de ses proches, une grande partie de l'aristocratie et le peuple tout entier condamnaient ses sentiments prolatins. Les nationalistes arméniens, nourris au sein de l'Église grégorienne, jugeaient durement ce monarque qui courbait l'échine sous les ordres d'un pape. La trahison rôdait dans les salles du palais, dans les villes, sur les terres ainsi qu'aux frontières du royaume de Héthoum : les Francs rêvaient d'asservir un État dont les ports étaient florissants ; les Mongols de Perse, sur le point de se convertir à l'islam, d'alliés ne manqueraient sans doute pas de devenir ennemis jurés. Héthoum II, las des intrigues et des guerres, priait donc, agenouillé et les mains jointes. En vain, il tentait de prononcer des mots d'adoration. Des chants psalmodiés dans le lointain et les voix qui montaient des cuisines le distrayaient. Héthoum, alors, se signa et se releva. La nuit envahissait le ciel et la douce chaleur de février persistait. Dans l'ombre qui gagnait la pièce, le visage émacié et barbu du roi ne se distinguait plus. Pourtant, si on avait pu le voir, on aurait surpris sur ses lèvres un sourire, car Héthoum songeait à un marchand vénitien, Vicente Montefoschi, et de songer à un tel homme le rassérénait. Vicente Montefoschi, demain à l'aube, guiderait un des plus célèbres peintres de la Cilicie vers Pékin, la capitale de Kubilaï, le Khan des khans. Aussi le roi se prenait-il à espérer : dans plusieurs mois, un moine miniaturiste peindrait sous les yeux de l'empereur des Mongols un Christ en gloire et apporterait la vraie foi à l'extrémité du monde. Et de ceci, Héthoum aurait été l'artisan. Confiant, apaisé, le roi de Cilicie retourna s'agenouiller au pied d'un crucifix pour demander à son dieu de le garder éveillé et en joie jusqu'à la naissance du jour.

II

Dans une chambre de la forteresse de Sis, le palais de Héthoum II, Vicente Montefoschi goûtait le repos et acceptait l'insomnie. Demain, il entreprendrait son second voyage en Chine. La gloire le guettait, depuis qu'un pape et un roi l'avaient désigné pour être leur ambassadeur auprès de Kubilaï. Et pourtant, sa famille ne s'apparentait ni à celle des Samudo ni à celle des Querini ou des Morini, ces maîtres du négoce vénitien ; simple fils d'un marchand dont la fortune et la célébrité ne pouvaient rivaliser avec elles, il était toutefois plus ambitieux que son père et plus rusé que les voleurs ou les banquiers de Venise.

Adolescent, il avait connu la mer, ses tempêtes et ses pirates et avait tué au poignard pour sauver sa vie. A vingt ans, il jaugeait déjà avec sûreté les muscles d'un esclave, la résistance d'un tissu, la pureté d'un or. Une décennie plus tard, on murmurait qu'il avait l'envergure pour détrôner les Samudo ou les Querini. En effet, tout lui réussissait, son empire s'étendait de la Grèce à la mer Noire.

Mais un jour qu'il déambulait dans les entrepôts de sa maison de Soudak, en Crimée, il avait eu une révélation : aucun marchand, à sa connaissance, n'était jamais entré dans l'immortalité. Parce qu'il espérait, depuis son enfance, que son nom traverserait les siècles, cette découverte l'avait ébranlé. Homme d'action avant tout, Montefoschi s'attarda peu à méditer sur la fatalité attachée aux gens de sa profession. En revanche, il interrogea le passé pour recenser ceux qui l'avaient durablement marqué. Presque tous étaient princes, philosophes, saints ou capitaines. Comme il n'était pas d'ascendance royale, n'était nullement porté aux macérations et se montrait rétif aux théories d'Aristote ou de Platon, le métier des armes lui parut le meilleur pour se forger un destin qui échapperait à l'oubli. Cette idée l'exaltait tant qu'il négligeait le fait que guerroyer nécessite un apprentissage et qu'avant d'être promu capitaine, on se contente de tirer à l'arbalète. L'imagination enfiévrée, il rêvait de victoires dans les années à venir et perdait le sens des réalités qui l'avait aidé à entasser ses richesses. Il s'était alors ouvert de ses projets de conquête à certains de ses amis, et avait même séduit, par ses propos, des êtres, comme lui, affamés de terres fabuleuses. Sa haute stature et son talent de tribun les avaient persuadés qu'il serait tôt ou tard assis à la droite de Kubilaï ou qu'il ravagerait plaines et cités, divinisé par ses exploits. Ils avaient juré de le suivre sur les territoires qu'il disait peuplés d'oiseaux meurtriers et de créatures au cœur insensible. Pour éviter les rigueurs de l'hiver, il avait décidé que l'aventure commencerait au printemps.

A la tête d'une trentaine d'hommes, il s'était éloigné, un matin de mars, de ses magasins et de ses nefs, confiés à la surveillance d'un administrateur.

De relais en relais, le Vénitien avait manifesté sa véritable personnalité : l'homme était taillé dans l'orgueil et la cruauté. Il sabrait de sarcasmes ses compagnons si le courage les abandonnait, et en faisait la risée des âniers. Nombre d'entre eux s'étaient lassés de ses quolibets et de son mépris et avaient repris le chemin de Byzance, de Soudak ou d'Ayas. Leur désertion n'avait guère semblé l'émouvoir. Il allait sur les chemins d'Orient, confiant en son avenir, comme si un monde de prodiges l'attendait, où il aurait sa place. Et assurément, les dieux de chaque contrée traversée le protégeaient, car il avait atteint Pékin sans avoir connu la peur ni les aléas familiers à tout voyageur de ces temps.

Kubilaï ne lui avait accordé une entrevue qu'un mois après son arrivée. En louant le système postal qui quadrillait l'empire mongol et l'esprit de prévoyance qui avait fait construire des greniers à grain en cas de disette, Montefoschi avait conquis son interlocuteur. Ses flatteries avaient été récompensées. Quand il avait pris congé du souverain, un an plus tard, il était en possession d'une missive impériale adressée au pape Nicolas IV, qui laissait entendre que le khan était prêt à se convertir au christianisme. Kubilaï ajoutait qu'il serait heureux d'accueillir à sa cour savants, artistes, théologiens capables d'exprimer dans la pierre, sur le parchemin ou par la parole, la grandeur de l'Occident.

Les dieux veillèrent encore à la sécurité de cet ambassadeur, mais cette fois-ci jusqu'à Rome où Nicolas IV l'assura qu'il accéderait à toutes les prétentions de l'empereur. C'était oublier que le pape avait la méfiance dans le sang. A l'heure de s'embarquer pour Ayas, Montefoschi n'avait pour escorte que deux moines haillonneux, et pour unique trésor à offrir à Kubilaï que trois larmes d'huile consacrée au fond d'un flacon. Il ne put jamais obtenir une seconde audience papale et ses protestations écrites restèrent lettre morte. Malgré son découragement et sa rage, tout en maudissant Nicolas IV et en pestant contre l'Église et ses serviteurs, il puisa sur ses deniers pour travestir deux moinillons en prélats.

La nef qui cinglait en direction de la Cilicie avait essuyé une tempête au large des côtes grecques. Effrayés par cette apocalypse, les deux prélats de comédie s'étaient réfugiés dans la cale où, sous l'effet du tangage, ils perdaient l'équilibre, bramant des injures. On les aurait dit atteints par la danse de Saint-Guy. Pendant ce temps, Montefoschi aidait les matelots à défixer la voile de la vergue, car les bourrasques menaçaient de la déchirer. Les marins désespéraient d'échapper au naufrage, mais le Vénitien ne cédait pas à l'effroi qui se répandait et même, la furie des éléments semblait l'exalter.

Quand le vent perdit de sa force et les vagues de leur hauteur, quand on comprit enfin que le bateau avait encore de beaux jours devant lui, Montefoschi salua le retour du calme : son avenir, assurément, était béni des dieux.

Dans le port d'Ayas, il fêta en soudard la victoire remportée sur la mer. On le vit se saouler dans tous les bouges de la ville, lorgner les filles et s'encanailler avec des garçons. Néanmoins ni l'alcool ni les brèves étreintes ne parvenaient à lui faire oublier sa mission auprès de Kubilaï. Le rongeait aussi le risible de sa suite. Comment impressionner un empereur avec pour toute richesse deux imbéciles de moines et un flacon d'huile ? Il lui fallait plus. C'est au fil de ses rencontres dans la ville qu'il en vint à penser que le roi de Cilicie saurait suppléer à sa misère. Le séduire afin d'obtenir soldats et caravane et, pourquoi pas, que se joignent à lui artistes en tous genres, devint son idée fixe. Négociants et capitaines, taverniers et putains le répétaient, Hovsep aussi, ce bel ami qu'il avait abordé sur le quai : Héthoum désirait cimenter son alliance avec le Khan des khans. L'occasion ferait le larron : Montefoschi serait l'homme de la situation. C'est ainsi que le Vénitien se rendit à Sis et obtint audience.

III

Avant l'achèvement de sa vingtième année, Vartan Ovanessian, moine et enlumineur au couvent de Sguevra, suscita l'admiration de ses pairs en réalisant *L'Évangile de Léon II*. Mais cette œuvre qui exaltait le divin et reconnaissait la sagesse d'un roi lui attira des jalousies et des inimitiés. Deux factions rivales eurent le couvent pour théâtre. La première ne se lassait pas de respecter en Vartan un génie, la seconde suspectait sa foi. A la tête de celle-ci se tenait un moine fougueux qui répondait au prénom d'Artavazd. Il cacha de moins en moins ses doutes lorsque Vartan entreprit d'illustrer quelques épisodes de la vie de la Vierge. Les traits de Marie évoquaient ceux d'une servante amoureuse ou encore d'une veuve émue au souvenir de tendresses échangées. Sous les voiles et la soie la drapant frémissaient les courbes d'une chair épanouie et sereine. Et dans le ciel, et parmi les plis des vêtements des Rois mages couraient des reflets d'un rouge vineux. Un tel rouge, décida Artavazd, est celui de l'impureté. Ce censeur persuada plusieurs moines que Vartan était un sensuel et un impie. Une cabale naquit dans la chapelle et les jardins du cloître. Le censeur fit remarquer aux conjurés l'indolence avec laquelle Vartan se rendait à l'office et le sourire de froide ironie qu'il arborait à l'instant de la communion.

Muni d'une chandelle, hâve et voûté, les yeux animés d'une curiosité folle, le moine se dirigea une nuit vers le *scriptorium*.

Les mains pressées contre son ventre, il titubait, car une colique le malmenait depuis la veille. Parvenu à la salle, il alla droit au pupitre de Vartan et abaissa la chandelle vers un parchemin où, par l'effet du tremblement de la flamme et du poignet, semblait palpiter une miniature représentant le baptême du Christ. Artavazd triomphait. Cette nouvelle œuvre dévoilait avec impudence que Vartan était un élève et un admirateur de Straton de Sardes, ce Grec sodomite. Le Christ et le saint ne fixaient ni les nuées ni les eaux mais s'unissaient par le regard. Leur nudité appelait les étreintes. Assuré de pouvoir enfin démontrer la nature perverse de Vartan, le moine regagna sa cellule. Mais sitôt étendu sur sa paillasse, il entra en convulsions. A l'aube, on le découvrit aphasique et paralysé des membres supérieurs : la chance souriait à Vartan.

Quelques heures plus tard, un courrier du roi ordonnait à l'enlumineur de se rendre à Sis.

Six cavaliers chevauchaient sur une route qui serpentait entre des éboulis et des étendues d'herbe rase. Quatre soldats encadraient Vartan Ovanessian ; le messager de Héthoum les suivait. Les soldats se taisaient et ce mutisme convenait à Vartan qui pouvait observer à loisir le paysage. La petite troupe passa non loin du château de Lampron, fief de la dynastie héthoumide et forteresse réputée imprenable. Le jeune homme reconnut le grand bois longé naguère, au temps de son adolescence, quand son père l'avait en quelque sorte promené sur les routes de Cilicie. Il éprouvait aujourd'hui comme hier une violente impression de liberté.

Kevork Ovanessian était apparenté à la famille des Héthoumides. Il ne possédait qu'une maigre fortune bien qu'il eût une demeure de proportions honorables, des serviteurs et un cheptel. C'était un homme âpre, aux colères cinglantes et peu enclin à la conversation. Pourtant, l'homme aussi était pieux. Des oncles et des cousins faisaient parfois halte sur ses terres et à la nuit, autour d'un feu, le renseignaient sur les affaires du royaume, lui annonçaient la signature d'un traité, une alliance obtenue, une guerre probable. Envers ces visiteurs, il gardait toujours une certaine distance. Kevork ne sortait de sa réserve qu'auprès de ses deux fils, Haïk et Vartan, auxquels il inculquait l'esprit de prudence et la loyauté à l'endroit du souverain. Mais il ne se contentait pas de les abreuver de sages conseils. A l'étude des vertus il ajoutait la pratique des armes. Après le croisement des fers, il leur parlait de massacres perpétrés autrefois par les Seldjoukides sur les populations arméniennes et frappait ainsi leur imagination par des visions de feu et de sang.

Haïk fut le premier à quitter le domaine paternel pour s'engager comme officier dans l'armée de Léon II, le prédécesseur de Héthoum. L'instruction des armes eut un effet contraire sur Vartan. Galoper à travers un champ de bataille l'inspirait peu ; il n'aspirait qu'à se consacrer à l'art de l'enluminure découvert, lorsqu'il était enfant, dans un livre de prières. Et cet art ne pouvait s'exercer que derrière les murs d'un couvent. Kevork approuva le désir de son fils. Il l'avertit cependant de ne jamais oublier que le moine, comme le soldat, doit savoir sabrer et décapiter à la hache, car les cloîtres à l'égal des palais sont susceptibles de subir des assauts.

Avant que les portes de Sguevra ne se referment sur Vartan, Kevork entreprit avec son fils un voyage à travers la Cilicie. Il tenait à ce qu'il eût de sa patrie une idée concrète et qu'il sût, au pied d'une croix, intercéder auprès de Dieu pour que soient protégées des invasions une terre et ses splendeurs. Ils allèrent donc sur mille chemins, se nourrissant de fruits secs et de viande séchée, remplissant leur outre à l'eau des rivières, dormant à Tarse, Adana, Mopsueste, Sis et Ayas. Dans les ports, Vartan se familiarisa avec le vacarme des quais et les odeurs mêlées du safran, du poivre et du gingembre. A la proximité des étals, il glanait des bribes de conversation où l'on évoquait les bordels de Tabriz, les fabriques de faïence de Kashan, les hautes dunes et le brouillard jaune du Tarim, les étuves que tout village du Nord possédait. A écouter ces souvenirs partagés par les marchands se leva en lui le désir d'explorer des contrées dont jusqu'à aujourd'hui il n'avait pas même soupçonné l'existence. Il se rendait aussi compte que le monde ne se résumait pas aux murs d'un couvent et doutait alors de pouvoir se contenter d'un seul lieu et se vouer à une seule tâche. Mais il ne sut faire part à son père du chancellement de ses certitudes.

Le voyage dura quatre mois. Peu après son retour à la demeure paternelle, Vartan intégra la communauté de Sguevra.

La petite troupe approchait de Sis. Vartan ne songeait plus au couvent où s'étaient écoulées quatre années de sa vie. Son attention était uniquement absorbée par la répétition ou la diversité des paysages, par le crissement des sabots sur le sable, le gravier ou la pierre, par le froissement d'un vêtement dont on rabattait un pan contre la cuisse, par des muscles jouant sous un pelage. Il se promettait de saisir un jour sous ses pinceaux l'éphémère mouvement des choses. Et lui revenaient en mémoire les discussions des marchands d'Ayas. D'ailleurs leur souvenir, très souvent, avait occupé ses nuits et suscité des visions. Au contraire des autres moines, Vartan ne rêvait nullement de siéger, après une vie de pénitence, aux côtés des saints et des archanges. Il péchait par indifférence à tout ce qui n'était pas son art, et n'en ressentait aucune honte. Dans sa cellule ou à son pupitre, il se tourmentait simplement à l'idée de ne pouvoir reproduire le vert duveteux de l'amande ou le rouge d'une blessure. A Sguevra comme sur la route de Sis, il avait une unique obsession : peindre les merveilles du monde. C'est alors que la capitale de la Cilicie se déploya devant lui, avec ses masures, ses demeures patriciennes, son palais, ses jardins. Il vit des femmes près d'un puits et des enfants rampant dans la poussière, des hommes qui mendiaient et des chiens endormis à l'ombre d'un arbre. Et voilà, se disait-il, l'univers où s'accomplissent des prodiges et où l'on meurt.

IV

La caravane fit halte à Sis où Héthoum II la pourvut d'un chef en la personne de Vicente Montefoschi. Le roi leva aussi une milice pour veiller à la sécurité de Vartan et des marchands, du moins jusqu'à Tabriz car, au-delà, les routes de l'empire mongol ont la réputation d'être sûres. Le seul danger provient des démons qui peuplent les déserts et les vallées. L'acier le mieux trempé, le cœur le plus étanche aux tentations ne résistent pas à la fulgurance de leurs assauts. Mais parfois, ces innombrables démons ignorent les voyageurs. Ils se cantonnent dans les cieux ou les feuillages, invisibles et muets. La peur, pourtant, est la fidèle compagne de qui traverse les plaines et gravit les montagnes. Tous, moines, marchands et soldats subodoraient ce que leur réserveraient inévitablement les chemins d'Asie, ces chemins boueux ou verts d'une herbe drue, ces chemins jalonnés de ruines. Des songes ou des signes célestes les avaient convaincus que leur corps et leur âme auraient à subir une métamorphose, qu'elle fût dégradante ou non. Et tous, malgré ces rêves et ces avertissements, partaient en quête de richesses, prêts à affronter les ténèbres ou la lumière éblouissante d'un pays sans nom.

La caravane occupait la place du marché de Sis et débordait sur les rues avoisinantes. Le départ approchait. Une poussière âcre se soulevait inlassablement d'entre les bêtes et les hommes, s'enroulait autour de pattes et de jambes en jaunes et brûlantes fumerolles. Dans une irrépressible progression, elle voilait torses et têtes, formait bientôt un large nuage qui se mouvait par à-coups, vacillait, se déchirait ici et là, sans pour cela cesser sa montée vers les toits. L'effervescence des marchands donnait une étrange impression d'orage. Les chevaux, les mules et les ânes piaffaient et ruaient, les chameaux se montraient irritables. On sanglait des ballots de drap des Flandres à l'odeur de craie. La doublure des ceintures recelait de l'or et des perles. Dans ce tohu-bohu crépitaient ou hurlaient des voix ; voix aiguës, rauques, avinées ; voix des Espagnols, des Francs, des Juifs et des Arméniens. C'étaient les voix de l'exaspération et de l'impatience. On gesticulait beaucoup aussi. On pointait un index vers une bride, des étriers, une plaie à un flanc, un coffre trop lâchement cordé, une arme mal fourbie. Trois interprètes buvaient un vin clair à un angle de la place, indifférents aux rumeurs. Portant des cruches et proposant de l'eau ou quelque breuvage alcoolisé, des femmes se frayaient un chemin à travers la foule. Un Franc qui aimait les filles et prévoyait sa mort – son regard possédait déjà l'éclat des glaces qui pétrifient et le feu des soleils qui incendient – leur donna rendez-vous dans un siècle.

Vicente Montefoschi apparut enfin, suivi de Vartan. Le Vénitien, c'était connu, en imposait par son amitié avec le roi de Cilicie, le pape et Kubilaï. Son arrivée annonçait qu'était venu le temps de quitter la capitale et de partir pour ces cités où l'on échange l'émeraude contre la fourrure, le giton contre la fillette. Les voyageurs attendaient le signal du départ, fébriles et soucieux, enfantins et brutaux, cuirassés de préjugés et assoiffés d'aventures, imprégnés de leur foi et superstitieux, l'imagination farcie de contes alexandrins, la tête encombrée de chiffres et de calculs savants. Un immense mouvement de joie parcourut la place lorsque Montefoschi se hissa sur son cheval. A leur tour, marchands et guides enfourchèrent leurs montures. C'était une importante caravane de pas moins de soixante hommes qui laissait derrière elle Sis à son histoire.

V

Montefoschi ruminait une âpre colère. Les deux moines – triste suite que lui avait accordée le pape – s'étaient enfuis la veille. Ces deux gringalets avaient été effrayés par les récits de terres ravagées et de corps torturés que leur avaient faits des marins. Mais ces pleutres avaient la ruse et le négoce dans le sang : ils avaient emporté avec eux les riches vêtements dont leur maître les avait dotés, pensant monnayer probablement le moindre galon, la moindre broderie, le moindre fil d'argent. Ce dernier n'en doutait pas et leur souhaitait de connaître l'esclavage. Et sa colère augmentait parce que Vartan Ovanessian tentait avec obstination de nouer conversation avec lui. Il posait des questions, nommait à haute voix ce qu'il voyait, un horizon de brumes, des champs et des marécages. Montefoschi détestait les jeunes hommes bavards. Enfin, Vartan se lassa de parler à un muet et se rencogna lui aussi dans le silence. Il se rappelait la veille du départ, le dîner qui avait réuni un moine, un marchand et un roi. Au cours de ce repas, il avait observé à loisir le Vénitien. Une force impérieuse, inflexible et troublante se dégageait de cet homme. En fin de soirée, celui-ci avait déplié une carte établie par les soins d'un Cairote. Traçant du doigt l'itinéraire que Vartan et lui emprunteraient le lendemain même, il avait désigné villes et fleuves, massifs montagneux et déserts. Plus il énumérait des lieux, plus sa voix s'assourdissait. C'était la voix de qui s'abandonne à un rêve. A l'observer,

Vartan s'était dit que Montefoschi avait la stature d'un roi. Mais son intuition lui avait précisé que ce serait un roi au règne éphémère, chevauchant parmi des cités détruites par le feu et le long de lacs ensablés. Soudain, il avait éprouvé pour le Vénitien un sentiment qui s'apparentait à l'amitié. Il se sentait prêt à l'accompagner là où une dynastie était née de l'accouplement d'un loup bleu et d'une biche, là où se dressaient des portes d'or, là où le monde se révélait peut-être illimité. Et lui aussi s'était alors perdu dans un songe.

A la nuit, près d'un feu, Montefoschi s'assit à côté de Vartan et, sans préambule, l'enjoignit de faire vœu de silence le jour, car parler sans relâche augmente la soif, les lèvres se gercent et la poitrine bientôt vous brûle. Ainsi, des marchands discoureurs et irréfléchis avaient été contraints de se taire, la gorge en feu. Ne leur était restée que l'envie de mourir. Et, comme s'il s'adressait à lui-même, il ajouta qu'il est des confidences inutiles et des enthousiasmes vains. Il eut ensuite un rire bref et s'éloigna.

Vartan demeura longtemps près du feu et ne s'endormit qu'au moment où la nuit se faisait moins profonde. A l'aube, Montefoschi le secoua sans ménagement. Quelques heures plus tard, la caravane entrait en Turcomanie. Il y eut des champs de coton et des champs de blé, des bois de chênes et une étendue d'eau qui s'effila brusquement entre des roches comme une coulée de feu calme. Enfin, sous un ciel très bleu et dans un murmure de fontaines surgit la ville de Kayseri.

VI

Dans la cour d'un caravansérail de Kayseri où nos voyageurs s'étaient arrêtés, on égorgeait des moutons et allumait des feux. Une odeur de poil roussi, de cuir, de sang et de graisse imprégnait les corps, les arbres et la pénombre qui enveloppait les bêtes de somme.

L'hôte houspillait une cohorte de serviteurs et de marmitons. Il avait longuement dévisagé Vartan à son arrivée. En s'inclinant devant lui, son regard avait dévié de la robe de laine pour s'attarder sur la croix attachée au cou par une cordelette.

Dans la chambre où se reposait maintenant le jeune homme, un adolescent apporta un plat de viande, des fruits et des galettes. Il fixa le moine avec insistance, comme on scrute le visage d'un ennemi. Soudain, d'un geste sinueux autant que sûr, il effleura la croix. Vartan eut un instinctif mouvement de recul : jamais encore un étranger n'avait touché l'humble ornement de bois. Ce geste l'avait aussi exaspéré, car il tolérait mal toute familiarité à son égard. L'adolescent le toisait toujours du même regard hostile. Il marmonna quelques mots sur un ton qui laissait entendre l'insulte, puis s'éclipsa. Ce singulier comportement, en soi de peu d'importance, accusa chez Vartan une inquiétude qui couvait en lui depuis quelques jours. Il examina la pièce où il allait dormir. Tout, de la paillasse aux ombres, lui sembla lourd de menaces. Il serra la croix contre sa poitrine. Mais ceci eut peu d'effet sur le malaise qu'il éprouvait. Qu'il fût à Sguevra ou en Anatolie, elle ne savait décidément pas l'apaiser dans ses moments d'angoisse.

La vue de toute nourriture l'incommodait. A la fenêtre, il respira la fraîcheur nocturne. Des marchands discutaient dans un coin de la cour. Les feux rougeoyaient comme dans les plaines où les nomades se rassemblent et festoient. Vartan s'écarta de la fenêtre, certain d'être épié. C'est alors que Montefoschi poussa la porte de la chambre. Le Vénitien remarqua qu'il n'avait pas honoré son repas, qu'il était pâle et tendu. Il ne fit pourtant aucun commentaire, déposa au bas du lit un ballot dont il entreprit sur-le-champ de dénouer la lanière, puis étala à terre un habit, précisant que c'étaient là habits de marchand et que, dès le lendemain, Vartan devrait échanger la bure contre le manteau de drap. Sur les terres que l'on s'apprêtait à traverser, continua-t-il, la guerre avait longtemps été la souveraine absolue. Le moindre paysan en avait gardé un esprit belliqueux. Et les mahométans tranchent facilement la gorge aux prêtres et aux moines chrétiens. La paix régnait désormais, mais une haine ancestrale se dissimulait derrière les marques d'hospitalité, conclut Montefoschi. Sur ces paroles invoquant la prudence, il prit congé.

Quand il s'éveilla, Vartan n'avait de ses rêves que le souvenir d'un pied violacé. Ce pied lui rappelait un être et cet être était son père. Le lendemain de leur instructive randonnée à travers la Cilicie, Kevork avait inauguré de nouvelles habitudes : il prendrait désormais ses repas dans sa chambre dont il interdisait l'accès à son épouse et à son fils. Seule Rhipsimé, une servante, aurait le droit de s'y introduire. Vartan, intrigué, la questionnait chaque jour sur l'état de santé de son père et les besognes qui la retenaient si longtemps dans la chambre. Elle avoua être essentiellement occupée à soigner une plaie suppurante au pied droit de son maître. Et elle alla plus loin dans l'aveu. Éponger les sanies et détacher à l'aide d'un couteau les peaux mortes ne lui répugnait pas. Une semaine s'était écoulée lorsqu'une lingère laissa courir le bruit que Rhipsimé avait rompu avec son fiancé. Vartan sentait bien que tous ces événements étaient liés et ce mystère occupait ses pensées. Une nuit, il entrebâilla la porte de la chambre paternelle. Ce qu'il aperçut le surprit au-delà de tout. Nue, Rhipsimé enlaçait Kevork. Il gémissait et la fille berçait sa lente agonie. Des draps et des couvertures émergeait une jambe décharnée. Une odeur de chair corrompue s'échappait du pied crevé d'escarres. A cette vue, Vartan s'était enfui. Un mois après qu'il eut intégré la communauté de Sguevra, une lettre de sa mère lui annonça le décès de son père. Dans la même lettre, elle évoquait la mort de Rhipsimé. La servante, en s'occupant d'une ruche, avait été assaillie par les insectes et avait succombé à leur piqûre. Afin de chasser la vision de ce corps nu enlaçant le vieillard, Vartan avait entrepris l'enluminure de *L'Évangile de Léon II.* Couché dans le mauvais lit de ce caravansérail à Kayseri, il revivait cette nuit où, au chevet d'un homme, la tendresse et la nudité avaient accompagné la mort.

L'heure était venue de se préparer au départ. Mais Vartan ne s'y résolvait pas. Il pleurait silencieusement au souvenir de son père et de Rhipsimé. La réminiscence de leur calme étreinte le confrontait brusquement à l'existence d'un sentiment qu'il n'osait encore nommer et espérait pourtant un jour éprouver. Lorsque surgissaient en eux des émotions que leur supérieur condamnait pour être la survivance de l'esprit de luxure, les moines de Sguevra s'abîmaient aussitôt en mortifications. Vartan, à l'exemple des autres, s'imposait des privations. La plus douloureuse de toutes consistait à s'interdire l'entrée du scriptorium. Cependant, en prière dans sa cellule, il songeait inévitablement au bonheur dont il pourrait jouir à préparer les pigments ou à peindre le manteau de saint Jean, et qu'il se refusait. Aujourd'hui, s'il se rebellait contre ces macérations, la raison en était simple : rien ne lui semblait plus émouvant, plus nécessaire que l'amour, tel était ce qui unissait Kevork et la servante. Il envia ces derniers. Et il avait hâte de découvrir les villes persanes et les villes d'Orient, de connaître enfin ce qu'une très jeune fille et un moribond avaient connu.

Le jour était brûlant comme les galets d'un torrent asséché. Dans la cour du caravansérail, un vent sourd et d'une tiédeur sableuse secouait les écheveaux de cordes et les harnais suspendus. La puanteur de déjections innombrables se mêlait à des effluves de bois précieux. Un soldat bouchonnait son cheval avec une poignée de paille. Un bleu marial entaillait un ciel gris. Bâtisses, bêtes et hommes semblaient de verre poli. Le bleu céleste se fit plus bleu encore. Cette lumière était comme un appel, une invitation à l'aventure. Alors, dans sa chambre, Vartan ôta la croix de son cou et s'habilla en marchand.

VII

Les Seldjoukides, depuis peu vaincus par les Mongols, avaient déserté les plaines de la Turcomanie et demeuraient dans les montagnes. De grands troupeaux de moutons broutaient une herbe rêche d'un vert jaunissant. Quelques bergers se profilaient sur les landes, énigmatiques silhouettes noires, fantômes en plein midi.

A Sivas, le commerce était florissant, grâce au tissage de tapis et de draps de soie. La caravane y séjourna quatre jours. Puis elle avança sur des étendues mornes où abondait le gibier et sous un ciel cotonneux où venait se graver le tournoiement des aigles. Entre Sivas et Erzincan, des lambeaux d'étoffe bleue s'accrochaient à des carcasses de chevaux. Là s'étaient déroulées des batailles, mais le temps avait passé et le sable avait bu le sang répandu. Depuis des mois, les voyageurs réempruntaient les pistes. Sous des arbres, à l'orée des villages, les femmes broyaient le grain au pilon. On eût dit des belettes indifférentes. Des garçons presque nus fauchaient de hautes graminées couleur d'ambre clair. Les prairies ondulaient comme ondulent les monstres marins. Parfois la caravane en croisait une autre. Pas un mot n'était échangé. Les hommes n'offraient que leur profil.

Les paysages se répétaient. Seuls, un môle d'un vert opaque, des joncs comme des sarbacanes plantées dans la glaise, une nuée d'insectes, un enfant gravissant un sentier, retinrent l'attention de Vartan. Il semblait réciter des prières, comme on mâche une tige, mais qui l'aurait entendu se serait rendu compte qu'il n'en était rien. Il murmurait les louanges de Rhipsimé et de Kevork, et entre deux soupirs chantait la robe bleue de la servante et le regard serein de son père. Montefoschi l'observait parfois à la dérobée et s'étonnait de le voir porter ses nouveaux vêtements comme s'il avait été marchand sa vie durant. Tout au fond de lui, il se réjouissait d'être son guide.

A deux jours d'Erzincan, un homme jaillit d'un fourré. Il gesticulait et bredouillait des avertissements. Quand un des caravaniers voulut s'approcher de lui, il détala. On le vit bientôt n'être plus qu'un trait noir hoquetant sur la prairie. Vartan l'oublia, comme il avait oublié les carcasses des chevaux et les aigles dans le ciel. Il portait son attention sur le caravanier qui s'entretenait en ce moment avec Montefoschi. De lui, il savait simplement qu'il se prénommait Hovsep et qu'il était originaire d'Adana. Vartan se rapprocha : la façon dont Montefoschi écoutait cet homme l'intriguait. Le Vénitien se penchait vers lui avec gravité, avec bonté aussi, se montrait même indifférent au fait que son compagnon parlait d'une voix forte, ce qui était étonnant vu sa sensibilité au silence. Hovsep disait que, si l'on en croyait l'homme du fourré, la peste ravageait le bourg que l'on apercevait non loin d'ici.

Les chevaux étaient épuisés. Et la nuit tombait. Une halte s'avérait nécessaire. Montefoschi fit alors dresser les tentes à peu de distance du village. Les soldats se postèrent à intervalles réguliers devant elles afin de prévenir toute intrusion dans le campement d'une population qui, fuyant l'épidémie, aurait voulu se réfugier auprès des voyageurs.

Le repas se déroula silencieusement. On se demandait si Erzincan, la prochaine étape, était la proie du même fléau. Des marchands reprochèrent à Montefoschi de les obliger à bivouaquer si proche d'un lieu maudit. Mais selon le Vénitien, il était hors de question de voyager la nuit, surtout avec ces bêtes harassées. Hovsep, pour la première fois, s'était assis à ses côtés. Il épointait au couteau de minces branches d'un arbuste qu'il avait déraciné. De temps en temps, il dirigeait une de ces flèches de fortune sur un marchand. Des haussements d'épaule ou des protestations amusées répondaient à son geste. Las de tailler le bois et de menacer, il se leva en déclarant que la peste était pure invention de sa part, puis alla se glisser sous la tente de Montefoschi, qui le rejoignit peu après. La stupéfaction et la colère avaient accueilli cet aveu. On avait ensuite éclaté de rire. Chacun semblait habitué à ses mensonges et à ses facéties.

Vartan demeura sous sa tente un peu moins d'une heure. L'énigmatique identité de Hovsep le tenait éveillé. Ce ne pouvait pas être un marchand : il ne possédait ni mule ni chameau et ses bagages se réduisaient à deux ballots de petite dimension. La complicité évidente entre lui et le Vénitien ne levait en rien l'énigme, en augmentait plutôt l'opacité. En sa présence, Montefoschi avait parfois un regard d'inquiétude et de froide détresse. Bien avant l'aurore, Vartan rampa jusqu'à la tente de l'Italien. Seul le souffle des dormeurs lui parvint. Il s'enhardit à soulever la portière : deux ombres étaient couchées à distance l'une de l'autre. Vartan fut déçu. Mais, désormais, il n'aurait de cesse de vouloir déchiffrer les secrets qui entouraient l'ambassadeur du pape et Hovsep, cet homme mystérieux. Vartan projetait de peindre un jour la Passion du Christ. Les deux larrons auraient respectivement le visage de Hovsep et de Montefoschi. Quant au Christ, il n'avait pas encore rencontré le visage sur lequel se lirait la souffrance dans l'ultime épreuve.

Cette même nuit, un marchand prenait la décision de se séparer de la caravane à Erzincan. Plus très jeune mais doté d'une robuste constitution, l'homme n'en était pas moins certain de ne jamais atteindre le grand âge. Et lui, Roger de Narbonne, dont on avait admiré le détachement et la mesure en cent occasions, tentait désespérément de ne pas crier au vent son angoisse.

Dès le départ de Sis, il avait reconnu en Hovsep le futur artisan de sa perte. Celui-ci, depuis dix ans, nourrissait à son égard une haine farouche, tenace, absolue. Le témoignage de Roger de Narbonne, lors de l'arrestation pour vol de l'Arménien et du procès qui s'en était ensuivi, avait pesé lourd sur la délibération des juges et les avait décidés à un châtiment exemplaire. Un mois après, Roger apprenait qu'Hagop Karagueuzian – un parent de Léon II de Cilicie – s'était employé, par sa fortune, son influence à la cour et sa réputation de haute moralité, à convaincre le roi de libérer Hovsep. Il avait réussi. L'éphémère prisonnier remplirait l'emploi de valet dans la maison d'Hagop. La clémence royale avait atterré Roger de Narbonne, car elle le placerait à plus ou moins brève échéance sous le couteau du voleur. Aussi abrégeait-il désormais ses séjours en Cilicie où des transactions commerciales l'appelaient souvent.

Le malheur voulut que l'homme rejoignit la caravane dont Roger de Narbonne faisait partie. Dès qu'il l'avait vu, ce dernier s'était dit qu'il lui valait mieux renoncer au voyage. En effet, depuis que cet individu avait été remis en liberté, un unique état d'âme commandait l'existence de Roger : la peur. Elle avait pris la dimension de son corps, de ses pensées, de ses rêves. Mais quelque chose aussi se rebellait en l'homme. Un mage, autrefois, lui avait justement prédit qu'il serait au cœur d'un combat. Devait-il ainsi se soumettre à son destin, incarné par un sinistre voleur ? Ne saurait-il pas venir à bout de cette peur infernale, afin que la prédiction devînt mensonge ? Il avait donc, depuis Sis, supporté la peur et bravé la menace.

Montefoschi pas plus que Hovsep ne lui avait adressé la parole. De voir brusquement les deux hommes parlementer avait ravivé l'angoisse. D'autant qu'à Sivas, il surprit les lambeaux d'une conversation engagée par des marchands sous un ombrage. C'est ainsi qu'il comprit qu'une conspiration se tramait contre lui sur l'instigation de Hovsep. Ce dernier les avait persuadés que Roger de Narbonne utiliserait toute sa fortune pour acheter à Tabriz tant de draps d'or et de soie que cela entraînerait une inflation des prix et la ruine pour beaucoup d'entre eux. A l'écoute de cette fable, la peur le posséda comme jamais. Mais il lui fut impossible de s'esquiver, car les marchands l'épiaient à toute heure. Il se mit à compter sur un éventuel relâchement de leur surveillance à la prochaine étape.

Et toujours des montagnes couronnées de brumes, et toujours ce violet diamanté des soirs ; et toujours des troupeaux de moutons avec leurs pastoureaux, toujours des charognes sur une immensité houleuse. Il en serait ainsi jusqu'à Erzincan.

Chaque nuit, Roger de Narbonne s'interdisait le sommeil. Anxieux, il s'étendait sur le sol, non loin des soldats arméniens, et ne s'écartait des feux que pour se soulager. Aussi les soldats couvraient-ils de quolibets cet homme qui se déculottait devant eux.

Il advint même pendant une halte qu'il provoquât Hovsep par des remarques acerbes, mais l'autre joua la surdité et Roger fit chou blanc et se retrouva l'objet d'un ostracisme discret mais réel de la part des caravaniers. Il se demandait si Vartan avait été sollicité pour participer au complot, si le moine n'avait pas l'âme noire des marchands, des aventuriers et des ambassadeurs.

Aux portes d'Erzincan, Roger de Narbonne s'enhardit jusqu'à adresser la parole à Vartan. Il quémanda un entretien qui lui semblait de première importance pour son salut. Vartan le prit tout d'abord pour un de ces êtres dont l'imagination harcelée par la terreur de l'enfer convertit la faute la plus légère en péché mortel. Mais l'homme, gagné par l'espoir de trouver en lui un allié, le rassura par un regard que ne voilaient aucun égarement, nulle panique. Vartan lui accorda donc l'entretien.

La conversation, ou plutôt le monologue du Narbonnais, se déroula à l'intérieur d'un caravansérail d'Erzincan, dans la chambre de Vartan. Roger maîtrisait relativement bien l'arménien. Sans préambule, il énuméra les villes où il s'était enrichi et celles où des aigrefins l'avaient dupé. Il eut un sourire malicieux en tapotant sa large ceinture. Dans cette bande de tissu bleu était cousu un petit trésor qu'il déversa bientôt sur le sol : des perles, des pièces d'or et une broche sertie de rubis. Si par hasard, il se décidait enfin à retourner à Narbonne, cette broche irait à sa femme. Pour avoir écouté les récits des colporteurs et des négociants, récits où l'on parlait de fleuves plus verts que l'émeraude et que l'herbe du printemps, de villes étincelantes comme l'acier, il avait abandonné le lit conjugal, leur demeure et son verger. Il se persuadait parfois qu'il serait de son devoir de retrouver sa province natale, et par là même son épouse et ses deux fils. Mais ce n'était qu'une pensée furtive, car il était enchaîné aux terres fabuleuses qu'il parcourait et n'avait jamais le courage de renoncer à la contemplation d'un ciel qui, à n'en pas douter, avait inventé la foudre, la peste et les anges. Il aimait la poussière des routes et les bêtes étranges qui peuplaient les bois et les déserts. Il aimait les monstres dormant entre les dunes et cette odeur de guerre qui imprégnait les arbres et le sol. Des perles, de l'or, une broche, là était toute sa fortune. Et comme Vartan pouvait s'en apercevoir, ses mains tremblaient et de son front coulait une sueur abondante. Des craintes le tourmentaient. Des Furies le talonnaient. On le haïssait, on avait projeté sa mort. Des insensés gravitaient tout autour de lui. Et puis, il y avait Hovsep et sa vengeance.

« Hovsep ? »

La voix de Vartan était très douce.

Roger de Narbonne garda le silence tout en rengainant dans sa ceinture ses maigres trésors. Pendant quelques instants, face au moine impassible, il s'était beaucoup souvenu et avait ouvertement regretté son verger, sa femme et leurs deux garçons. Mais la curiosité suscitée chez Vartan par le seul nom de Hovsep avait chassé la nostalgie. Une présence invisible, celle de Hovsep justement, s'était glissée entre eux, du moins semblait-il à Roger. Il fut pris de vertige et se sentit profondément las. Le temps des voyages s'achevait. Et, au fond de lui, il se surprit de nouveau à accepter l'idée de sa mort et la manière dont elle surgirait. C'est un homme vaincu qui brusquement se leva et, sans même une excuse, sortit.

Protégée d'un mur d'enceinte hérissée de tours de garde, Erzincan s'élevait sur la rive droite du Karasu. Au milieu des vignes qui entouraient la cité anatolienne, un paysan, un jour de juin, buta contre le cadavre d'un homme, la gorge et le sexe tranchés, la tête réduite à une rouge bouillie d'os et de chairs. Il était entièrement nu. L'état du visage et l'absence de tout vêtement rendaient impossible une quelconque identification. Le paysan avait trois fils. Les quatre tinrent conseil. Ils répugnaient à avertir le gouverneur d'Erzincan de leur découverte. Ils avaient encore en mémoire l'un de leurs cousins confronté à une situation identique. Le garçon avait alerté les autorités de la ville au sujet d'un homme qu'il avait trouvé gisant dans un champ, la poitrine fendue, les jambes lacérées. Un Seldjoukide, qui était conseiller du gouverneur, l'avait accusé de ruse et d'impudence. Les plaies avaient été provoquées par une serpette. Et qui, sinon les vignerons, utilisait un tel outil ? Accusé de meurtre, le cousin avait été décapité. Le paysan et sa progéniture avaient compris la leçon. Ils transportèrent le cadavre chez eux et, à la nuit, le jetèrent dans les eaux du Karasu.

Personne ne signala à la milice arménienne ni au gouverneur de la ville la disparition de Roger de Narbonne. Mais un matin, Vartan surprit Montefoschi, Hovsep et quelques marchands en conciliabule autour des mules du Narbonnais. Tel un maquignon, Hovsep palpait les pattes et les flancs des bêtes. On se partagea ensuite les ballots de toile et chacun retourna à ses affaires.

VIII

C'était la fin de l'après-midi. Le ciel s'orangeait et les neiges, au sommet des montagnes, se nacraient. Le caravansérail, déserté pas les marchands – les Perses se rendaient au bain, les Juifs et les Francs échangeaient la toile des Flandres contre le boquerant – n'avait plus pour occupants que les soldats de Héthoum. Assoupis par une brise à l'odeur de fourrage et de pierre brûlante, ils calculaient dans un dernier effort combien de jours les séparaient de Tabriz et combien de nuits de leur retour en Petite Cilicie. Leur capitaine racontait de sinueuses histoires où rapt de femmes, chevaux plus rapides que la foudre et glorieux faits d'armes composaient un paysage alexandrin.

Montefoschi et Hovsep étaient partis par les rues de la cité pour s'en aller traiter de quelque affaire ou peut-être simplement se mêler à la foule et flâner. Vartan avait voulu les accompagner. Le Vénitien refusa, car la pâleur du miniaturiste trahissait une fatigue proche de l'épuisement. Il ne tenait pas à présenter à Kubilaï un moine exsangue. En vérité, Montefoschi projetait d'initier, sans témoin, Hovsep aux splendeurs d'une ville qu'il avait visitée autrefois.

Déçu, Vartan, une fois seul, erra dans les salles et les cuisines, se renseigna auprès des soldats sur la quantité de nourriture dont il faudrait se pourvoir pour atteindre Erzerum, grignota enfin des cerneaux de noix confits dans un sirop de raisin, car il était de nature gourmande. A Sguevra, il s'écartait volontairement de la huche pour ne pas céder à ses convoitises. Mais dans ce caravansérail où les règles conventuelles ne faisaient plus loi, il se gavait de miel et de pâtisseries. Bien qu'il se fût régalé, la déception ne le quittait pas. Tout finissait par l'ennuyer. Il abandonna la pénombre des couloirs et la fournaise des cours pour échouer dans sa chambre où il prit aussitôt ses aises. De la petite pièce où persistait du matin au soir une fraîcheur d'automne, il percevait la grande houle des rumeurs de la ville. Elle agaçait ses sens, l'invitant à la promenade. Étendu sur sa paillasse, il n'éprouvait pas de fatigue et se révoltait que Montefoschi, en usant un peu trop de son autorité, s'arrogeât le droit de juger s'il était ou non capable de mettre un pied devant l'autre. Alors, il décida de s'aventurer à son tour dans la ville. Sa décision prise, il fut d'humeur légère. D'un coffre, il exhuma sa robe de bure. Elle était froissée, maculée, les ourlets empesés de boue séchée. Sous la défroque, il noua à sa taille un cordon d'où pendait une bourse ronde des dirhams que Héthoum lui avait donnés à l'instant du départ. Ainsi, par la bonté d'un roi, l'indigence de Vartan n'était qu'apparente. Quand il atteignit la porte du caravansérail, il jubilait de passer outre aux ordres de Montefoschi, d'être moine quand il le voulait et de redevenir marchand quand la fantaisie l'en reprendrait.

Erzincan s'étageait en terrasses. Les plus hautes se nimbaient d'une lumière cristalline, les plus basses se tassaient dans un remous d'ombres crépusculaires. Avec hâte, Vartan quitta les secondes pour les premières, un velours sombre pour une apothéose de mauves et de bleus nervurés d'or. Il évoluait dans un monde marin, un espace scintillant de reflets. Il admirait la splendeur du soir sur la ville, mais le visage de Montefoschi, parfois, flottait au seuil des échoppes, sur des murs aveugles, sur des pierres rongées par la nuit naissante. Il chassait alors ces visions pour ne plus s'abandonner qu'au désir de peindre Erzincan en nouvelle Babel – ou en cité céleste.

Ici, Vartan avait l'intuition d'être né pour le vacarme du monde et les rencontres innombrables. Il voguait avec aisance dans ce labyrinthe. Comme Ayas, Erzincan bruissait en cette fin d'après-midi de prémonitions, de promesses et d'illusions.

Il eut une faiblesse en abordant la dernière terrasse. Il s'appuya à un mur, un bras en anse et le front contre la saignée. Une douleur lui cisailla le cœur et il n'eut plus la force de se retenir à la pierre. Il s'affaissa sur le sol et se figea lentement dans la posture du soldat que son bouclier n'aurait su protéger d'un sabre et qui s'agenouillerait dans la poussière.

Les badauds se rassemblèrent autour de ce moine évanoui, quand se détachèrent du groupe de curieux trois soldats de Héthoum. Vartan ne s'était pas aperçu qu'à l'instant où il passait la porte du caravansérail, ces trois hommes lui avaient emboîté le pas, car ils avaient reçu ordre de Montefoschi de veiller à sa sécurité, si par hasard il lui prenait fantaisie de se risquer dans la ville. Ils le soulevèrent avec précaution et entreprirent la descente des terrasses pour le ramener au caravansérail.

Maintenant, une main tenait la sienne, sans la serrer. La douceur du geste ne ralentissait pas les rudes poussées d'une douleur vrillant sa poitrine. On se pencha un peu plus vers lui, comme si l'on s'efforçait de surprendre les échos d'une souffrance profondément enfouie. Il eut un tressaillement. Il avait reconnu Hovsep. La main quitta la sienne pour lui emprisonner le poignet. Sans raison, l'appréhension le gagna. Elle siégeait contre ce baudrier de feu qui le brûlait de la taille à l'épaule. Il gémit et la main se retira. Le regard de Hovsep ne livrait aucun sentiment. C'était le regard du médecin qui jauge la résistance de son prochain à l'envahissement d'un mal.

D'un objet qui miroitait, Hovsep lui effleura le visage. Des lettres y étaient gravées, ou un sceau. L'objet scintillait dans une lumière de fin du jour ; un masque antique ou un pectoral ; ou l'unique trace d'une civilisation disparue. Hovsep le renseigna : c'est là une tablette d'or qui sert de sauf-conduit sur toute l'étendue de l'empire des Mongols. Kubilaï l'a offerte à Montefoschi. Sa jumelle est enfermée dans un coffret. Elles en imposent plus aux populations barbares et aux brigands que l'éclat d'une lame ou que la milice arménienne. Elles garantissent protection et respect. Elles confèrent en quelque sorte à un voyageur une histoire, un rang, un destin. Les brandir vous octroie sur-le-champ des chevaux. Elles sont utiles pour un si long périple car au cœur des déserts et dans les cités labourées par les vents, qui a connaissance du royaume de Cilicie et de son roi très pieux ?

Hovsep appliqua la tablette contre les lèvres, les joues et le front du malade. L'or était tiède comme un fruit sous le soleil de midi. Cette étrange imposition choqua le moine. Il n'avait, jusqu'alors, baisé que des croix. Mais la fièvre impérieuse le faisait glisser vers une lourde somnolence.

Hovsep déposa sur le sol la tablette d'or pour contempler librement Vartan. Puis ses mains palpèrent le torse du garçon qui semblait s'envaser dans un étrange sommeil. Vartan ferma les yeux à cet attouchement, mais il écarta d'un bras les mains qui maintenant s'éternisaient à ses épaules. Hovsep ne fit plus un mouvement. A sa surprise, Vartan l'attira soudain à lui. Alors, les mains reprirent leur exploration. Un doigt redessina le contour des lèvres du malade, un ongle appuya sur les méplats, sur l'arête du nez, sur les tempes. Les mains vagabondèrent sur les cuisses et le ventre, abandonnèrent enfin leur dérive sur la chair. Hovsep ne désirait nullement ce grand corps frissonnant. Il était simplement rassuré : la nudité du jeune homme n'était pas de celles qui émouvaient Montefoschi. Vartan ouvrit les yeux et Hovsep lâcha un peu la bonde de son passé. Il ne cacha rien de ses maraudes, mais il tut ses crimes. Dans un souffle, Vartan lui demanda de quitter la pièce.

Les suées se produisaient vingt fois par jour. L'état du souffrant désespérait Montefoschi. Toute l'attention de ce dernier se concentrait désormais sur ce moine dont il refusait la mort, car il n'osait s'imaginer prosterné devant Kubilaï sans le miniaturiste à ses côtés. Il courrait alors le risque de n'être pour ses contemporains – et ceux qui rédigeraient les annales d'un siècle consacré au négoce et imprégné d'une foi ardente – qu'un vulgaire aventurier, un homme parmi les hommes fous d'ambition et perclus de rêves insensés.

De petites plaies rougeâtres couronnèrent un matin les genoux de Vartan, de plus en plus souvent sujet par ailleurs à des crises de tétanie. Vartan ne se plaignait pas et Montefoschi l'en admirait. Mais les drogues administrées et les emplâtres appliqués par les médecins échouèrent à résorber les abcès et à faire tomber la fièvre.

Le départ d'Erzincan avait été reporté d'une semaine sur ordre du Vénitien. Devoir prolonger leur séjour jusqu'à ce qu'un moine recouvrât la santé exaspérait les marchands. Par prudence, ils ne se révoltaient pas encore ouvertement contre cette décision. Montefoschi était un protégé de Héthoum et les soldats arméniens ne se priveraient pas de rapporter au roi leur colère et leur insoumission. Leur avenir commercial à Ayas risquait d'en être compromis. Et la plupart d'entre eux se sentaient muselés par le souvenir de leur participation au meurtre de Roger de Narbonne. Ils avaient hâte de parvenir à Tabriz, de vaquer à leurs affaires, de se joindre à une autre caravane qui les ramènerait vers un port méditerranéen, d'être ce qu'ils étaient : âpres au gain, malins, respectables. Hovsep eut vent de l'animosité grandissante des marchands et en avertit Montefoschi tout en le rassurant : il pourrait calmer leur irritation en déployant toutes les ressources de sa ruse. C'est ainsi qu'il soudoya des mendiants et des Arméniens d'Erzincan pour qu'ils répandent une nouvelle qui terrifierait les voyageurs. On raconta donc que peu après Erzerum, une horde de chevaux carnassiers agressait les caravanes. Un mage corrompu par les deniers de Hovsep ajouta que la horde surgissait tous les cent ans et n'accomplissait ses massacres que durant une période de dix-huit jours pour ensuite se précipiter dans un fleuve et s'y noyer. La fable née de l'imagination du soudoyeur eut le succès escompté. Les marchands choisirent de patienter.

Montefoschi se prit à beaucoup espérer d'un médecin arrivé depuis peu dans la ville. Josué, un Juif d'Erzincan versé dans la préparation des sirops, l'avait assuré que cet homme aurait le pouvoir de guérir Vartan Ovanessian.

La première vision qu'eut Montefoschi d'Arnaud de Roanne fut celle d'un homme de constitution frêle, enroulé dans un large manteau de soie bleue, la face mangée par une barbe exubérante et qui était en train d'adresser à un jeune garçon des recommandations au sujet d'une sorte de havresac en cuir et d'un coffre qu'il décordait du dos d'un chameau. L'homme semblait de caractère placide et avoir à peine plus de trente ans. Après une longue étreinte à son maître, Josué présenta les deux hommes, tressa les éloges de l'un et de l'autre, exprimant le souhait que la venue d'Arnaud à Erzincan profitât à tous, aux malades comme aux plus vaillants. Montefoschi n'avait omis auprès de Josué aucun de ses projets soutenus par une extraordinaire ambition et une pugnacité de tous les instants. Il avait rêvé à haute voix devant un inconnu, lui expliquant longuement le rôle que tiendrait Vartan à la cour de Kubilaï et en conséquence la nécessité qu'il y avait de le maintenir en vie. Josué répéta mot pour mot les confidences du Vénitien mais les enjoliva par des digressions. Arnaud de Roanne ne parut pas impressionné par le récit et les débordements lyriques de son ancien élève. Le Vénitien, comme tant d'autres dont il avait écouté les espoirs et les prétentions, se berçait sans doute d'illusions. Montefoschi perçut cette réticence à croire en son fabuleux destin et s'en offensa. Pour ne pas céder à l'agressivité, ce qui pourrait amener ce médecin à refuser de soigner Vartan, il ancra la conversation sur un terrain plus prosaïque : il avança le chiffre de la rétribution, bien entendu si les médications se révélaient efficaces. Le praticien franc ignora la proposition. En revanche, il demanda si l'Arménien avait emporté avec lui certains des livres sacrés qu'il avait enluminés. Montefoschi acquiesça. Les contempler sera mon salaire, lui fut-il répondu.

C'est dans un décor invraisemblable d'alambics, de burettes, de fioles colorées et de louches aux formes singulières que Josué avait conté à Montefoschi sa rencontre avec Arnaud de Roanne. Tout un printemps, il avait été son élève à Byzance. Des côtes d'Espagne à celles d'Italie, de l'Auvergne à l'Anatolie, des confins du monde à la Perse, le médecin était admiré, envié, jalousé pour les résultats qu'il obtenait en faisant absorber à des agonisants et à des fous un électuaire de sa composition. Les moribonds, après avoir avalé l'opiat, se levaient pour s'en aller jardiner ou manier la gouge, et les fous ne donnaient plus signe de leur habituelle agitation. Ce Français, né dans une bourgade établie sur les rives de la Loire, au cœur d'un pays où les vignes le disputaient aux bruyères et aux genêts, était honni par les sectaires de tout bord parce qu'il puisait sa science dans des traités rédigés par des hérétiques, ne se dérobant pas aux questions qu'on lui posait sur la provenance de ses sources, trop soucieux qu'il était de transmettre à l'apothicaire de Rome ou au paysan du Danube les bénéfices de ses recherches poursuivies dans les bibliothèques, chez les nomades du désert ou les sorciers de la région de Kiev. A cette science fabuleuse, engrangée en moins d'une quinzaine d'années, s'ajoutaient la passion de tenter les expériences apparemment les plus hasardeuses, et le génie. D'un seul regard, il pénétrait à l'intérieur des corps. Mais ce qui l'exposait le plus aux diatribes de ses ennemis, c'est qu'il ne croyait pas au châtiment des dieux. Il ne souscrivait pas à la certitude ou à l'hypothèse selon laquelle au-delà des étoiles existe un paradis et dans les ténèbres de la terre rougeoie un enfer. Josué le Juif niait qu'Arnaud fût ce que des ignares et des incapables lui reprochaient. L'huile miraculeuse qu'utilisait son maître pour chasser la démence ou la mort de corps suppliciés par la souffrance, conclut Josué, était aussi chaude que des braises et aussi douce qu'un pelage.

Avant de visiter le malade, Arnaud de Roanne formula le désir de se restaurer. Dans une pièce exiguë, il but du vin de Chiraz et se régala d'un demi poulet rôti et de dattes qu'il trempa dans un pot de miel. Rassasié, il fit bouffer autour de ses jambes et de sa taille le manteau de soie bleue qu'il semblait porter sans cesse. Les volutes provoquées par un mouvement tournoyant, le crissement de l'étoffe et cette sensation de vent moelleux contre ses hanches et ses cuisses lui faisaient imaginer des feuillages – signes qui venaient le visiter à l'heure où il allait lui falloir affronter la souffrance et la mort. Mais ces visions ne résistaient pas aux cris des possédés ni aux gémissements des estropiés qu'il portait en lui. Il retournait alors à ce monde grouillant de femmes atteintes de consomption ou d'hommes grattant inlassablement leurs dartres. Et cette lutte occupait sa vie.

Il ausculta très peu de temps Vartan. Sur un trépied de bronze, il installa une bassine de cuivre où, quand il la frôlait, tintait une lancette. Il n'utilisait cet instrument qu'à regret, lorsque les onguents et les drogues échouaient à ralentir la fièvre et les battements du cœur. Et il avait remarqué combien la vue de la lancette rassurait toujours les malades. L'auscultation terminée, il sortit de son bissac un livre grossièrement relié aux pages vierges. Entre elles avaient séché des simples et autres plantes cueillies au hasard de déambulations sur les landes du Nord ou dans les plaines de Perse. Le médecin le plus ignare aurait pu nommer l'hysope et la bourrache, repérer le tussilage et la pulmonaire. Arnaud effritait tiges, feuilles ou fleurs dans une cassolette où bouillait de l'eau. Puis il additionnait à ce mélange odorant des liquides contenus dans des fioles. Une fois le breuvage à sa convenance, il l'administrait par petites doses au malade. Entre chaque ingurgitation, il collait son oreille contre la gorge, le ventre ou la poitrine de son patient. Il écoutait alors le corps combattre contre le mal, souvent en triompher. Il calait le gobelet où s'épaississait lentement l'électuaire entre les cuisses du malade. Le gobelet s'embuait d'une sueur qui perlait abondamment de la chair épuisée. Arnaud de Roanne accomplit donc auprès de Vartan le rituel de sa pratique. Il obligea enfin le moine à avaler une tisane boueuse. Ses gestes étaient autoritaires, ses paroles tendres. Vartan passa bientôt du mutisme au délire verbal. Des mots sans suite revenaient sans cesse à ses lèvres : armoise, urne, pied, crosse, bouillon… Son incohérente logorrhée s'acheva au reflux de la douleur qui lui broyait la poitrine.

Montefoschi et Hovsep avaient assisté aux énigmatiques manipulations du médecin. Si le premier s'était tourné vers le second, il aurait embrassé en un seul regard le désastre qui le guettait. Le manteau de soie bleue fascinait Hovsep. La joie naissait au plus profond de lui. Dans cette chambre où la guérison d'un moine aurait probablement lieu, il gommait de sa mémoire – ou du moins, il en était convaincu – un turbulent passé que l'humiliation ornait d'une noire rosace.

Toutes les cinq minutes, Arnaud de Roanne allumait une bougie, si bien qu'en un peu plus d'une heure la chambre baignait dans une clarté d'incendie. Dans cette chaude lumière que cernait une ondulation d'ombres, Vartan revenait à la vie. Montefoschi se sentait aussi moulu qu'après avoir affronté la tempête au large de la Grèce. Il chercha réconfort auprès de son compagnon de voyage, mais Hovsep n'était plus là. Il ne montra ni son mécontentement ni sa déception. Le temps n'était pas venu pour lui de s'étonner d'une absence, d'en rouler indéfiniment dans son esprit les raisons, de se heurter à un incompréhensible abandon.

Il offrit à Arnaud de Roanne l'usage de sa chambre pour

qu'il s'y reposât. Le médecin accepta. Ils n'avaient pas échangé dix mots. Quand, combattant harassé, Arnaud referma la porte sur lui, son havresac pendait de son épaule comme un lièvre mort.

Montefoschi s'occupa tout d'abord à moucher chaque bougie, car la pénombre, pensait-il, convient à un malade. Et puis, il lui tardait de redevenir celui qui décide. C'est pourquoi il s'était impatienté de n'être qu'un spectateur, tandis que le médicastre préparait ses mixtures. Dans la chambre grise d'une nuit qui venait doucement, la présence des deux hommes se résumait à la respiration égale de Vartan et aux violentes pulsations du cœur de Montefoschi. Le Vénitien tira un banc près du lit et s'y assit. Mains jointes et genoux serrés, cet ambassadeur papal prit la pose de la servante qui autrefois veillait le sommeil de sa mère. Chaque soir, on voyait celle-là se muer en une vigie de pierre, recroquevillée sur une chaise placée au chevet de Lucia Montefoschi dont les nuits accueillaient une cohorte de cauchemars. A l'aube d'un matin de printemps, Lucia s'était éveillée en sursaut, un goût de cendre aux lèvres. Elle brassa soudainement l'air de ses mains, appela à l'aide, prononça le prénom de sa servante, mais la servante gisait à terre, du sang s'épandant de sa bouche. Alors, Lucia Montefoschi retrouva les gestes vifs des jeunes filles et des chambrières. Elle épongea d'un linge le sang tout en priant pour le salut de cette âme. Pour la première fois, elle toucha les cheveux et les joues d'une morte. Elle roula en boule le linge souillé et s'aperçut que le jour resplendissait. Lorsque son fils fut adolescent, elle lui décrivit cette aube étrange, le sang en mare et le raidissement du corps. Elle enchaîna son récit à celui de ses cauchemars où volaient des nuées d'oiseaux blancs. Elle dit leur piaillement et leurs ailes qui l'enveloppaient. Elle dit sa terreur aussi. Désormais, quand elle présidait le déjeuner dominical en l'absence de son époux, l'enfant la voyait dans un tourbillon de plumes et de piaulements et reconnaissait en elle les tourments qui le jetaient parfois sur sa couche, plein d'effroi et vaincu à jamais par des visions d'une blancheur agressive. Elle mourut aux premiers jours d'un brûlant mois de mai. On respecta ses dernières volontés. Par la fenêtre de sa chambre, des filles de cuisine lâchèrent des poignées de duvet. Il neigea longtemps sous un soleil qui annonçait l'été.

Au chevet de Vartan et dans la douleur de ce souvenir, Montefoschi se demandait si l'avenir lui réserverait le sort de cette servante que chérissait Lucia, ou s'il finirait taillé en pièces par un Mongol ou un Perse, après avoir bataillé en héros.

Il faisait une chaleur d'étuve dans la chambre de Montefoschi où Hovsep s'était en fait retiré. Toutes ses pensées se concentraient sur Arnaud de Roanne. Pendant que le médecin officiait, il avait eu l'impression de se tenir au seuil d'un monde qui jusqu'alors lui était étranger. C'était la première fois qu'il éprouvait pour un seul être, et du désir, et de la fascination, et de l'amour. A le regarder, il en avait oublié le procès d'Ayas, le jugement, le bourreau et le châtiment dont son corps portait depuis la preuve. Mais il avait un instant repris conscience qu'il était assis aux côtés de Montefoschi et que le Vénitien, certaines nuits, ne se privait pas d'ironiser sur un amant qui n'aurait pas déparé dans un harem. Pour ne pas s'abandonner devant Arnaud de Roanne à la haine qui s'était soudain emparée de lui à l'encontre de Montefoschi, il s'était enfui.

Hovsep était en train d'écraser entre ses paumes de petits morceaux d'un bois très léger, noir comme un objet carbonisé et alvéolé comme un nid de guêpes miniature. Il s'échappait d'entre ses phalanges une poussière granuleuse et ne subsista bientôt au creux de l'une de ses paumes qu'une minuscule canule qui puait comme une fiente et qu'il se mit à sucer. C'est alors que la porte s'ouvrit et qu'Arnaud apparut. Surpris que la chambre fût déjà occupée, ce dernier apprit donc à Hovsep que Montefoschi lui prêtait son lit pour la nuit. Je dors toujours ici, déclara l'Arménien, mais installez-vous. La pièce est grande.

Hovsep s'empressa, s'agenouilla devant Arnaud pour délacer

ses sandales, mais celui-ci n'appréciait pas qu'on jouât à l'esclave. Il refusa également de dîner. Il était en proie à une irrépressible lassitude. Ces refus bouleversèrent Hovsep qui se faisait une idée naïve de l'amour. Il ignorait encore qu'on pût condamner la soumission volontaire. Mais la froide attitude que gardait Arnaud à son égard ne l'inclina ni au ressentiment ni aux reproches.

Hovsep allait et venait. Il étendit sur le lit une large étoffe garance, balaya le sol, ramassa des vêtements jetés ici et là. Arnaud le pria de cesser cette agitation. Plus étonné que mortifié, l'Arménien passa de l'effervescence à l'immobilité et Arnaud l'en remercia, puis l'ignora. Drapé dans son manteau de soie bleue, il ne songeait plus qu'au repos.

Hovsep resta debout longtemps, figé et bouche ouverte. Il était de granit, et son visage un masque d'où s'échappait le souffle court d'un homme qui ne sait plus s'il se tient au bord d'une fosse ou sur les rives d'un fleuve aux eaux calmes. Il fléchit enfin les genoux et rampa jusqu'à l'une des nattes disposées sur le sol. La nuit s'écoula à tenter de percer l'obscurité et d'entrevoir le dormeur merveilleux. Il redoutait la splendeur du jour et les prévisibles rebuffades de celui qu'il s'entêtait déjà à nommer « l'ami ». Et le jour se leva, violet et bientôt d'un rouge mêlé à un or éclatant. Un rai de lumière se coula jusqu'à la natte. Comme il avait la sensation d'une faible brûlure aux chevilles, il détourna la tête du lit baignant dans un gris lustré pour observer la peau de ses jambes où la crasse formait de petites croûtes brunâtres. De l'ongle, il entreprit d'écailler ces squames avec application.

La cour du caravansérail résonnait déjà d'ordres et de cris quand Montefoschi appela le médecin. Sa voix ramena aussitôt Hovsep au souvenir de ces nuits au cours desquelles il avait plié sous le poids de chair d'un homme qui le possédait en l'insultant, avec tendresse peut-être comme le font parfois les amants, mais aussi avec des mots qui humilient. La même haine que la veille surgit, torrentueuse et inflexible.

Montefoschi continuait d'appeler sur le ton à la fois de

l'autorité et de l'impatience. Malgré cela, Arnaud de Roanne ne s'éveillait pas. Aussi Hovsep s'approcha-t-il de lui, le secoua par l'épaule en le conjurant de préférer l'éclat du soleil à ses rêves. Montefoschi le réclamait, il fallait y aller.

Le Vénitien avait veillé toute la nuit Vartan lequel, entre deux assoupissements, parlait d'un déluge qui noierait l'Enfer et le Paradis, et peut-être le Purgatoire. Visiblement soucieux de savoir si le monde était infini, il ne cessait de questionner à ce sujet Montefoschi, qui dut avouer son incapacité à répondre à une telle question. Mais en revanche, celui-ci lui promit de le guider jusqu'à ces frontières que même Alexandre le Grand s'était refusé à franchir, par terreur de s'enliser dans des ténèbres où évoluaient des dieux plus sanguinaires que les dieux des barbares. Il lui jura encore qu'ils iraient vérifier ensemble si la terreur de l'empereur était justifiée. Arnaud de Roanne entra dans la chambre au moment où Vartan, fermant ses paupières sur un paysage tourbeux où bondissaient des divinités au mufle de taureau, s'endormait. S'il se montra satisfait de l'état du malade, Montefoschi, lui, était plus réservé, ayant assisté la nuit durant à l'obsessionnel discours de Vartan sur le déluge et l'immensité du monde. Le médecin perdit son flegme habituel – il sourit et pontifia : la jeunesse aspire à se confronter aux tempêtes, elle imagine des scènes où le tumulte des eaux s'accorde à la furie des vents ; elle rêve de carnages pour ne pas respirer en elle l'odeur des cendres qui déjà l'imprègne.

Un rire triste succédant au sourire, Arnaud de Roanne eut enfin un semblant de sollicitude pour Montefoschi, lui conseillant de prendre quelques heures de sommeil. Mais, irrité, l'homme nia toute fatigue et préféra interroger le soignant sur l'étrange salaire que celui-ci avait exigé la veille. En effet, murmura Arnaud, je suis prêt à m'intéresser à des œuvres que le roi de Cilicie et son peuple admirent.

Tout au long d'un après-midi de fournaise, Arnaud étudia les manuscrits enluminés par Vartan. Le rouge des draperies tant loué par ses contemporains ne reçut pas son admiration. En revanche, le visage des saints et des fidèles rassemblés sur la berge du Jourdain l'impressionna. L'acuité presque démoniaque de ce moine savait faire sourdre une boue de la plus lisse des faces. Une moiteur délétère baignait la moindre des scènes bibliques. Arnaud avait côtoyé des vaniteux, des avares, des fourbes, mais jamais il n'avait su percevoir sur leurs traits cet abîme de noirceur. Il s'émut à l'idée que tout homme pouvait enfermer en lui tant de ténèbres. Alors, afin de chercher à voir au plus profond du cœur des hommes, il décida de partager, le temps d'un long voyage, la vie de la caravane, espérant qu'une fréquentation assidue des êtres saurait lui révéler ce que ce jeune peintre avait déjà su saisir des âmes. Il n'eut pas à se renseigner ni à chercher bien loin, car Montefoschi, dans la soirée, sûr qu'Arnaud par sa science éblouirait Kubilaï et ajouterait à sa propre gloire, lui proposait de se joindre à lui.

Montefoschi fit dresser un lit dans la chambre de Vartan dont il ne s'éloignait plus guère, car le rétablissement du miniaturiste était lent. Arnaud de Roanne, quant à lui, avait établi ses quartiers dans une des salles communes du caravansérail. Il y consultait les scrofuleux et les dartreux. Ses patients se succédaient du lever du soleil à son coucher. Il ne requit jamais l'assistance de Josué, qui l'assommait à vouloir sonder en lui la force de sa foi et la force de son incroyance.

Le Juif d'Erzincan, s'il ne se plaignait pas d'être écarté du lieu où se produisaient des miracles, en revanche avait la nostalgie des prodiges quotidiens dont il fut à Byzance le spectateur et des nuits pendant lesquelles Arnaud et lui discouraient sur les astres et les merveilles de l'univers. Il se morfondait dans son antre où chuintaient des appareils de verre. Le chagrin le gangrenait, lui qui était le seul à pouvoir se targuer d'avoir été le plus sûr élève de ce maître. A toute heure, il goûtait les sirops onctueux au goût de fumée et de floraisons printanières, de menthe ou de sauge, contenus dans des fioles au col étroit, démesuré, torsadé. Il inclinait vers lui des becs de cristal et tétait d'écœurants breuvages. A ce traitement, son corps enfla vite démesurément. Sous sa peau et dans le secret de ses organes, chaque sirop s'était converti en poison. En peu de temps, Josué gisait comme une outre parmi un désordre de coussins et de houppelandes. Sa chair clapotait comme une eau morte et sa peau jaunissait. Entre deux goulées, il se mit à dialoguer avec Dieu, l'interrogeant sur la tentation du suicide, sur la rancune et le dépit qui mènent les hommes aux pires extrémités. Dieu tonnait toujours des malédictions avant de s'enfermer dans un mutisme contre lequel Josué tempêtait. Alors Josué inclinait vers ses lèvres le col de cygne d'un flacon, aspirait avec avidité une liqueur qui se moirait de tous les reflets que produisait la lumière du jour, et Dieu soupirait. Après un mois de cette quotidienne soûlerie, sa peau se déchira sous un gonflement de pus aux aines et aux aisselles et libéra une matière visqueuse qui puait la charogne. Le corps parlait : on ne se remet pas d'avoir approché un tel homme et d'en avoir été abandonné. Josué mourut au début de l'été qui vit Arnaud de Roanne entrer à Tabriz.

IX

Sur le principal marché d'Erzincan, Hovsep acheta un bélier auquel il lia les pattes et qu'il hissa sur ses épaules. La bête, trapue, musclée, bêlait comme si une lame pénétrait son cou. Plusieurs fois, il la frappa sur le mufle. Le bêlement s'étranglait pour reprendre plus sonore ensuite. L'homme trébuchait sous cette charge de viande, de laine et d'affolement. Trois rides barrèrent son front, trois rides que même son supplice dans la prison d'Ayas n'avait pu provoquer. Il marchait avec fébrilité et la foule s'ouvrait à son passage, effrayée par cette créature nouée à un animal. Durant sa course, il ressuscita parmi les habitants de la cité les temps anciens où des géants abattaient de leur poing femmes et enfants, où un Titan dévorait sa marmaille, où des êtres fabuleux naissaient des fleurs, des rivières et des forêts. Des matrones grondèrent des imprécations à son encontre. Il essuya des injures et échappa par miracle à un jet de pierres. Lui-même éructait son mépris à l'égard des badauds prompts à l'écharpage. Il haletait, furibond et décidé, dans un nuage de poussière. Il était une cavale, il était un démon.

A l'octroi, on le laissa passer. Il y était connu pour avoir sympathisé à l'heure de la sieste avec des soldats et tous les larbins des Mongols. On le tolérait. On le moquait aussi pour son allure toujours cahotante et le fiel qu'il déversait sur les mendiants en un langage ampoulé. Un capitaine lui demanda s'il allait troquer son bélier contre une putain. Mais Hovsep, sourd à l'ironie de l'officier, poursuivit son chemin, se déplaçant parmi des ombres. Il accéléra sa course et se retrouva bientôt au-delà des murs de la ville. Devant lui commençaient la houle des champs et le vert des vignes. Le bélier pesait de plus en plus lourd et son bêlement s'enrouait, se muait en une plainte sourde, celle d'un animal piégé.

Il emprunta un étroit chemin qui tranchait un pré. La poussière y était plus dense qu'au cœur de la cité. Une roselière prolongeait le pré jusqu'au Karasu. Des échassiers glissaient au-dessus des eaux. Hovsep s'arrêta sur une petite plage sableuse. Il serrait avec une force convulsive contre sa poitrine les pattes du bélier auxquelles il fit accomplir une torsion jusqu'à les briser. L'animal eut un cri et, dans un soubresaut, mordit Hovsep à la joue. L'entaille était sérieuse. L'homme jura et lâcha sa victime qui roula à terre. Puis il arracha une branche et en flagella la bête couchée sur le flanc qui frémissait de terreur. Lorsque la toison ne fut plus que striures rouges, il cessa de fustiger. Alors tout son corps se détendit. Il se laissa tomber près du bélier et sanglota.

Le fleuve coulait majestueux, couleur de rouille, et Hovsep avait soif. Mais il n'eut pas un mouvement vers l'eau ; il palpait machinalement la plaie à sa joue. Il passa son index entre les lèvres de la blessure et le lécha. Le sang avait un goût de métal. Quand il se leva, ce fut pour se dénuder. Il suspendit ses vêtements aux branches d'arbres chétifs qui poussaient là, les tendit comme peaux à sécher. La bête gémissait. L'homme lui écarta les cuisses et s'y coucha. Il sentait sous lui les testicules de l'animal. Puis il se souleva pour s'agenouiller au-dessus du bélier. De son couteau il l'émascula et pressa les couilles contre son sexe. Alors il pria pour une improbable greffe.

L'enfant le surprit, nu et vautré sur la bête. Il portait une torche. Égaré dans un ailleurs où un espoir s'embrasait de folie, Hovsep n'avait pas entendu le froissement des feuilles ni le crissement du sable. Il se retira de la moiteur animale quand l'enfant émit un cri. Il était comme en train de s'extraire d'une tourbe. La honte et le désespoir l'envahirent, car le regard d'abord effrayé, puis ironique d'un très jeune garçon le renvoyait à sa misère et à l'impuissance où il se trouvait d'y échapper. Et, se dit-il, ce drôle a la même attitude que les bonnes gens face à un monstre. Il fut en proie à une hallucination : le sol se fissurait, la lézarde s'élargissait, un précipice le séparait du garçon. De saisissement, il ouvrit la main et les génitoires tombèrent à ses pieds.

L'enfant avait déjà vu des hommes dépouillés de leurs hardes ; son père, un oncle, des cousins, quand ils se baignaient dans le Karasu. Ils se chamaillaient allégrement, se défiaient à la nage ou s'éclaboussaient. Il les enviait. Mais celui qui se dressait à deux pas de lui était hagard, mauvais, éperdu. Sur la défensive, et à la fois fasciné par l'homme souillé de sang, encroûté de boue, il observait le torse épais, les hanches larges, tout ce grand corps un peu gras agité de spasmes. Hovsep, rendu hargneux par cet examen, enjamba le gouffre qui s'était ouvert, croyait-il, entre eux, agrippa l'enfant au coude et s'empara du brandon, sans même se demander pourquoi un gamin se baladait avec une torche, dans la lumière d'une fin d'après-midi. Il lui ordonna de décamper tout en l'emprisonnant de ses bras, comme s'il hésitait entre le pardon et le châtiment. L'enfant s'arc-bouta, parvint à se dégager de la poigne de l'homme et s'enfuit vers les broussailles. Hovsep, alors, fut seul et désemparé. Il vit les génitoires, les broya sous son talon, fixa le fleuve et les oiseaux qui le survolaient. Il s'abandonna quelques instants à la désespérance, puis il planta la torche dans le sable et se rhabilla.

Il bouclait sa ceinture quand quelqu'un l'apostropha. Hé! lançait-on d'un bosquet. Hovsep pivota et reconnut l'enfant qui répéta plusieurs fois dans un ricanement : Hé! Hé! et brailla enfin : Sans-couille! Hé! Sans-couille. Il bondit vers lui, l'enfant détala.

Dans la nuit qui progressait, Hovsep écarta les branches, déchira ses vêtements à des ronces. Ses bras s'activèrent comme s'ils étaient munis de serpes. Et lui aussi crachait des insultes. Il courut ainsi jusqu'à un champ. La ville rougeoyait dans le lointain. La silhouette de l'enfant zigzaguait dans les vignes et ne fut bientôt plus qu'une ombre fragile qui allait réintégrer la foule d'Erzincan. L'homme ne tenta plus de le pourchasser. Il le maudit, mais sans conviction. Il fit demi-tour, puis contourna le bois hostile qu'il venait de traverser, avançant maintenant avec précaution sur un terrain limoneux, évitant ornières et racines cordelant toute la surface d'un improbable sentier. Il déboucha enfin sur la plage où la torche brûlait toujours. Il songea à dresser un bûcher. L'animal une fois incinéré, il s'enduirait de la poussière grise et chaude qui serait l'unique trace de l'immolation. Mais il se contenta de faire glisser la flamme le long de la toison. Le bélier ne réagit pas à cette langue de feu : il était mort. Pourtant sa panse se soulevait régulièrement. Des rats avaient commencé de le ronger par l'anus, qui ripaillaient. Hovsep vomit. Un brandon à la main, voûté, hoquetant, on eût dit un héros saisi d'un mal soudain.

Il s'était éloigné de la charogne et assis à deux pas du Karasu d'où montait une fraîcheur de vase. Le fleuve, glauque ici, argenté là, roulait des fanes, des tresses d'herbe, reflétait la splendeur d'un ciel et les ramures d'un grand nuage effiloché. Des barques le descendaient telles des îles fantomatiques. Parmi les scintillements nocturnes, le silence se déployait. On ne percevait même plus l'affairement des rongeurs. Hovsep s'évada pour se laisser aller à son passé.

Il avait arpenté villes et campagnes de Cilicie et vécu des mois durant une existence érémitique dans les montagnes. Il avait saigné des lièvres comme les saigne le renard, avait étouffé un coq après s'être introduit à la lueur de la lune dans un poulailler, était entré dans des cours en plein jour et avait nargué le sort, car il aimait dérober la hache ou la serpette sous le nez de son propriétaire. Il volait les fruits des vergers et des dirhams dans les chambres, et s'arrangeait pour que le paysan le surprît; il tuait ensuite le témoin de son larcin. Mais Hovsep s'était lassé des étendues de blé et des champs de coton. Aussi tourna-t-il le dos aux fermes et aux hameaux pour s'en aller vagabonder dans les rues de cités portuaires; là, il ne se rassasiait jamais de la vue des bateaux hérissés de mâts et colorés de fanions. Il sut reconnaître les insignes des Génois et ceux des Vénitiens, les marchands arabes et les marchands perses, le parfum de l'ambre et celui du nard. A Ayas, il paracheva ses techniques de vol. Ce fut un petit sac de perles qui causa sa perte. Le diamantaire le surprit à l'instant où il fourrait dans sa chemise la poche de toile. En prison, il prit en dégoût toute promiscuité des corps. Après plusieurs jours au long desquels il assista à des rivalités de clans et supporta des quolibets pour avoir déclaré avec orgueil qu'il était vierge, on le mena dans une salle où il crut son exécution imminente. Mais non, sa tête ne roula d'aucun billot. La sanction pour autant fut loin d'être légère : on le condamna à être châtré et il fut sur-le-champ livré au bourreau. Parmi ceux qui assistèrent au supplice se tenait ce proche parent du roi, Hagop Karagueuzian. Cet homme avait applaudi à de lourdes sentences et au châtiment de proxénètes et maraudeurs récidivistes. Le sang et les hurlements des suppliciés jusqu'à ce jour ne l'avaient jamais ému. Mais, sans raison, il se prit de pitié pour ce voleur, l'emmena à Sis et le présenta à Mariam, son épouse. Hovsep vécut trois ans dans une vaste demeure où ses tâches consistaient à préparer de savants breuvages, à piler des amandes, à ondoyer d'essences florales un corps de femme et à l'éventer les après-midi de grand soleil. A la nuit, assis en tailleur sur son lit, nu, il plaçait entre ses cuisses un fragment de miroir et regardait la boursouflure violacée de la cicatrice. Lui qui n'avait pas ressenti le moindre désir sensuel au temps de ses crimes, se prenait maintenant à regretter de n'avoir pas été plus sensible à la beauté des marins ou des filles. Et, prisonnier de ses regrets, il caressait le triste stigmate d'une chair martyrisée.

Dans ce palais de Sis, l'eunuque se prit à épier les amours qui, autour de lui, se nouaient et se dénouaient, à suivre l'évolution de la jalousie sur les traits d'un visage et à méditer sur les actes inconsidérés auxquels entraîne la trahison amoureuse. Sa maîtresse, au milieu d'un cercle d'amis, l'engageait à raconter ce qu'avait été sa vie sur les chemins de Cilicie. Il se découvrit le talent de métamorphoser les vulgaires étapes d'une carrière de voleur en une épopée haute en couleurs.

Un matin, Hagop Karagueuzian fut pris d'étouffements. A midi, il était mort. Hovsep ne sut analyser le sentiment ambigu qu'il éprouva à la disparition de son protecteur. En le recueillant sous son toit, celui-ci l'avait soustrait aux tortures que le peuple inflige aux voleurs émasculés, mais l'eunuque reprochait secrètement à son protecteur de n'avoir pas su abréger une existence à laquelle serait désormais refusé le banal plaisir de jouir. Et pourtant, il s'était attaché à un homme qui lui vouait quotidiennement une grande indulgence, une énigmatique bonté.

Mariam Karagueuzian se comportait en veuve énergique, décidée à régir en maîtresse absolue son patrimoine. Une fois par mois, elle visitait ses entrepôts d'Ayas. Elle inventoriait les futailles et les réserves d'épices, vendait des fourrures pour acquérir ensuite l'encens, la noix de muscade ou une soie. Pendant qu'elle s'immergeait dans l'univers des négociations et des tractations en tous genres, Hovsep avait quartier libre. C'est en baguenaudant sur un quai de la ville qu'il rencontra Montefoschi. En peu de mots échangés naquit une complicité que l'un et l'autre voulurent prolonger, explorer, intensifier. Ils convinrent de se revoir et se revirent souvent en la cité de Sis comme en la cité d'Ayas. Montefoschi pérorait et ses discours enfiévraient l'imagination de Hovsep. Sur les noms de contrées que citait son ami, celui-là rêvait de déserts rouges et de routes sinuant à travers jungles et marais. Montefoschi, conscient de l'ascendant qu'il avait sur ce garçon, amusé de l'enchantement qu'il procurait par des histoires de princes aveugles et de rois plus vénérés que des dieux, lui fit partager ses ambitions et le décida à le suivre sur des terres où la conquête de richesses était certaine. Il lui manifesta la considération que porte un empereur à son ministre et le mêla à son projet de reprendre le chemin de la Chine sous les auspices du pape et du monarque arménien.

Le fleuve était noir et pourtant glacé d'argent en son milieu. Il bruissait comme une frondaison et luisait comme le pelage du renard. Des grondements avertirent Hovsep d'un danger. Des bêtes se disputaient la grasse dépouille du bélier. Des ombres bondissaient autour d'un amas d'os et de chair, d'autres arboraient l'immobilité de maigres divinités. Les premières transportaient à chacun de leurs mouvements une odeur de corruption. Les ombres faméliques et aboyantes luttaient entre elles, se déchiraient de tous leurs crocs, se poursuivaient et toujours revenaient au bélier peu à peu dépecé. Hovsep observa la rageuse activité des fauves. Les ombres humèrent la présence de l'homme. Elles laissèrent à leurs femelles et à leur progéniture le plaisir de fouailler dans ce ventre. A leur approche, il reconnut les chiens sauvages qui, en meute, ravagent les troupeaux à l'égal des loups. Des jappements plaintifs, aigus ou rauques, troublaient la belle paix estivale incarnée par le ciel, la roselière et le fleuve. Il se leva lentement, fit tournoyer devant lui la torche qui traça dans l'espace un cercle de feu. Sans hâte et retenant son souffle, il descendit vers le fleuve. Les chiens tentèrent plusieurs fois de le mordre, mais toujours une flamme les brûlait à la gorge ou aux yeux. Ils fuyaient alors en glapissant, puis se lançaient de nouveau vers l'eau où l'homme secouait une flamboyante crinière. Il les en frappait et la berge sentait maintenant le poil roussi et la sueur animale. Ils avaient tous déserté l'aire sableuse où le bélier n'était plus qu'os et lambeaux de laine. Soudain, les chiens n'avancèrent plus vers les eaux. Ils s'assirent sur leur train et regardèrent Hovsep qui s'enfonçait dans la splendeur d'un fleuve calme. On eût dit une frise de cerbères attendant la noyade de la proie qui leur avait échappé.

L'homme marcha longtemps le long de la rive. Le froid des eaux grippait ses muscles et foudroyait ses pensées. La torche s'alourdissait à son bras. Le fleuve couda et la ville se dessina, rigide masse de pierre qui de toute sa blancheur repoussait la nuit. Dans une heure, l'aube en bleuirait les remparts. Hovsep abaissa la torche qui, par le vacillement de sa flamme, fit se craqueler les moirures des molles vagues du Karasu. D'entre mille frisures de platine remontaient, du cœur de mouvantes ténèbres, des visages, des paysages et des bêtes. Alors il fut saisi d'épouvante. Il releva en un geste d'affolement la torche pour ne plus deviner sur la surface des eaux ces chevelures d'hommes et de femmes qui s'enchevêtraient, ces chevaux et ces buissons de lauriers qui se mêlaient, ces roses, ces aigles, Montefoschi et Vartan, Hagop Karagueuzian et le bourreau. Une vie passée échouait contre ses flancs, enveloppait le bas de son corps, clapotait et se faisait pieuvre. Il eut les mouvements désordonnés d'un félin pris au filet. Il se dit que c'étaient le froid et le souvenir des chiens qui faisaient naître en lui de telles hallucinations. Pour les chasser, il plongea la torche dans le fleuve et détruisit ainsi la vision de ces vivants et de ces morts. Puis il se dirigea vers la berge, s'affala sur le sol dur et se donna au sommeil.

X

L'évêque d'Erzincan, averti par ses ouailles qu'un moine cilicien résidait dans la ville, malade et soigné par un épicurien de la pire réputation, voulut avoir un entretien avec Vartan. Ce rendez-vous fut pris et Montefoschi monta la garde à la porte de la chambre le temps que dura la conversation, la main sur le pommeau de sa dague et le regard plus vide qu'indéchiffrable. L'évêque abrégea la conversation qui le laissa songeur, et n'eut en rien le désir de s'épancher auprès du Vénitien. D'ailleurs, celui-ci n'était nullement curieux des paroles échangées entre Vartan et le prélat ni des conclusions que l'un ou l'autre en avaient tiré. Le soir même, l'évêque s'installa à son écritoire et rédigea une missive à l'adresse de Héthoum II. Il y exprima ses doutes en ce qui concernait la foi de Vartan, le décrivait comme un garçon épuisé par un mal étrange et subissant l'influence tout à la fois d'un Vénitien sans scrupule et d'un charlatan. Il attira surtout l'attention sur Arnaud de Roanne par quelques réflexions cinglantes propres à ruiner n'importe quelle réputation établie. Il le dit coulé dans un bronze aux propriétés lucifériennes. Il se permettait de conseiller au roi d'organiser une seconde mission et d'oublier la première, car jamais Vartan ne saurait ébranler les croyances des barbares sur lesquels régnait Kubilaï. Vartan n'était rien qu'un agrégat d'incrédulité et de faiblesse morale. Après avoir signé sa lettre, il se considéra libre d'agir à sa guise.

L'évêque d'Erzincan avait une cour composée de prêtres et d'adolescents qu'il haranguait chaque semaine. Il les dressait contre les cyniques qui osent se détourner de la croix. Ces fanatiques montraient autant d'aisance à manier le couteau qu'à étudier les textes sacrés. Il traça un portrait d'Arnaud de Roanne qui effraya ces âmes éduquées pour juger et qui les confirma dans la nécessité d'envoyer en enfer un médecin aussi scandaleux.

Lorsque des ulcères couvrirent le cou et le dos de Vartan, Arnaud annonça au malade que la guérison était proche. Il le mena à une source chaude dont les eaux cicatrisent. Plongé dans des vapeurs suffocantes, Vartan s'enivrait à l'idée que sous peu il serait renvoyé à une existence qu'il désirait tumultueuse. Le lendemain de son bain dans la fournaise aux effets curatifs, les ulcères en effet séchèrent, comme le médecin l'avait prévu. Bien que Vartan louât à qui voulait l'entendre le talent du praticien, il ne cherchait pas à favoriser la naissance d'une amitié. Ce refus, cette répugnance même à des relations plus étroites provenait de la gêne ressentie en compagnie d'Arnaud, car ce dernier le scrutait parfois en inquisiteur qui espère découvrir un secret. Il l'évitait donc et s'en trouvait bien. Ce qu'ils ignoraient tous deux, c'était que certains de leurs rêves étaient jumeaux. L'un d'eux, plus récurrent, les voyait basculer dans un précipice au fond duquel s'entassaient des rochers ouatés de neige. Un soleil plus petit qu'une grenade se logeait à l'intérieur de leur poitrine et les consumait lentement. Vartan se refusait à l'interprétation du songe tandis qu'Arnaud en questionnait inlassablement chaque image, même si le résultat de ses déchiffrements le mécontentait toujours. Toute explication lui semblait grossière. Il se méfia dès lors de son intuition qu'il avait crue infaillible et se moqua de son intelligence qu'il se dit avoir surestimée. Par la logique de ce dénigrement de ses facultés, il attribua les guérisons – dont pourtant il avait été l'artisan – à la chance et non plus aux progrès de sa science. Il se haït pour des défauts qui n'avaient jamais été les siens : l'insolence, la fourberie, la vanité. Un matin, il ferma sa porte aux infirmes et aux scrofuleux, et dans la cour du caravansérail arrosa un citronnier du contenu de ses fioles devant la foule qui se pressait pour une consultation. C'est ce jour-là qu'un vieillard le surnomma Arnaud le Mauvais.

Vartan était encore sujet à de brusques faiblesses. Le médecin nia pouvoir prévenir par une médication appropriée ces vertiges suivis d'évanouissements. Pour soustraire Vartan à toute fatigue, Montefoschi mit à son service une litière couverte, tapissée de velours et garnie de coussins. Vartan ne se scandalisa pas à l'idée de prendre place dans un lit ambulant que seules les femmes en Cilicie utilisaient. Le roulis monotone d'un tel moyen de locomotion convenait parfaitement à son humeur du moment. Il se plaisait à l'indolence et savourait les heures de paresse que lui octroyait son état de convalescent. Le palanquin à l'armature de bois voilée de soie attirait les regards et distingua la caravane des austères défilés de chameaux, de chevaux et d'hommes.

Arnaud de Roanne sellait sa monture quand un homme le bouscula. Celui-ci s'excusa de sa maladresse et s'éclipsa dans la cohue d'un jour de départ. Lors du coup, Arnaud avait ressenti une froide douleur à l'épaule qui persistait encore. Il se mit alors torse nu et découvrit une minuscule écorchure rougie d'un sang qui perlait. Il en recueillit une goutte à son index. Il était convaincu que le sang de chacun avait un goût particulier. Il en était d'amers, de sucrés, de poivrés. La fadeur que l'on attribuait à ce liquide n'était due qu'au peu de sensibilité gustative de la plupart des gens. Le sang des goitreux n'était en rien comparable au sang des incontinents ou des goutteux et celui des soldats à celui des femmes grosses. Le sien défiait toute analyse. Il avait peut-être un vague odeur de lame rouillée, de paille ou de drap mouillé. Mais qu'importait après tout ! Comme il doutait désormais de l'efficacité de ses drogues, il n'avala pas de cette médecine qui épurait le sang. Il fracassa contre une pierre le flacon où marinait l'antidote souverain à tout poison et se hissa sur son cheval.

XI

D'Erzincan à Ercis, le voyage se déroula à travers la monotonie des plaines. En lentes marées, des troupeaux de moutons voguaient sur une herbe drue. La caravane n'accomplit pas le large détour qui l'aurait conduite au mont Ararat et la légitime curiosité de Vartan pour le berceau de ses ancêtres ne fut pas assouvie. Montefoschi lui avait démontré que de se transporter dans les parages de l'Ararat compromettrait la traversée du Pamir qui devait s'effectuer impérativement avant l'hiver. De plus, pour éviter l'excès d'émotions qui affaiblit la vigilance nécessaire lors d'un voyage, il n'était pas recommandé de visiter un lieu ancré dès l'enfance au plus profond du cœur par les légendes et les souvenirs des vieillards. Vous ne savez pas ce qu'est le froid qui sévit au Pamir, ajouta Montefoschi pour dissuader définitivement Vartan de lorgner vers l'antique royaume de l'Urartu. Derrière les draperies de sa litière, le jeune homme se représentait l'arche célèbre comme une grande chose noire surplombant la mémoire de civilisations disparues, comme un œil noyé d'ironie jetée sur les hommes et leur besoin de guerroyer. Il se la figurait aussi comme une masse souveraine et indestructible auréolée de brumes. Elle était pareille à un monstre marin échoué au faîte d'un gigantesque rocher. Vartan se rangea à la décision de Montefoschi, et il espérait maintenant voir l'hiver au Pamir et connaître en dépit de tout des émotions extrêmes.

A chaque halte dans les caravansérails, Hovsep continuait à partager la chambre de Montefoschi. Il acceptait les avances et les caresses de son amant avec une glaçante désinvolture. Ce fut au cours de nuits rendues tumultueuses par la passion grandissante que lui vouait l'homme qu'il s'appliqua enfin à acquérir la science de l'amour pour l'exercer plus tard dans le lit du Roannais. Mais il était des nuits qui ne résonnaient que des ronflements d'un Montefoschi vaincu par la fatigue des routes. Ces nuits-là, Hovsep quittait un lit quasiment conjugal pour la cour du caravansérail. Là, il broyait des herbes et des racines dans un mortier ou mélangeait des drogues dans un vase. Il besognait comme un apothicaire sans s'apercevoir que parfois l'autre, réveillé par son absence, l'observait. Bien entendu, le Vénitien examina l'hypothèse selon laquelle des liens se seraient tissés entre son amant et le médecin, mais cette supposition ne sécrétait pas encore en lui la moindre jalousie. Il se disait simplement qu'Arnaud, par bonté, avait cédé à une lubie de Hovsep. Il savait l'eunuque envieux. Il était donc probable que naquît en lui la volonté de rivaliser un jour avec le Roannais dans la confection de breuvages. Cette idée faisait alors sourire méchamment Montefoschi : il trouvait ridicule son ami.

Par un drapier d'Ercis, Hovsep se fit tailler dans une pièce de soie grenat un manteau dont la coupe copiait celle du manteau d'Arnaud, car il imitait Arnaud en tout. Il affectait un parler lent et suave, employait un vocabulaire châtié, se targuait d'une sagesse millénaire. Et dans les boutiques ou les rues, il brassait, comme par ennui, les plis de son habit. Des ondulations de feu répondaient à des ondulations d'un bleu de saphir, lorsque les deux hommes se promenaient dans la ville ou présidaient avec Montefoschi à un conciliabule de marchands. Mais Arnaud de Roanne l'obligeait sans cesse à remplacer d'anciennes habitudes par de nouvelles. Depuis Erzincan, il ne manipulait plus les valétudinaires et les agonisants et ne confectionnait plus de sirops. Hovsep délaissa lui aussi pommades et onguents. Arnaud entrait peu à peu dans l'anonymat, et c'est ce qu'il désirait. Il aspirait à cet état pour mieux observer le monde sans être sollicité à tout moment par des malades. D'ailleurs, il savait que ce désir serait bientôt exaucé, son prestige de médecin n'ayant pas atteint les cités d'Asie. Il se dépouilla chez un chiffonnier de sa houppelande et reçut en échange une poignée de grenaille de cuivre qui ne lui serait d'aucun usage… On le volait, il s'en moquait. Hovsep, à l'exemple d'Arnaud, se sépara de son habit sans chercher à tirer profit de sa valeur. Seule comptait la joie de la ressemblance. Il se contentait simplement d'être l'ombre d'un homme à l'apparence soudain si commune. On le remarquait pourtant plus facilement qu'Arnaud, parce qu'il marchait la bouche ouverte et les bras croisés sur la poitrine. Dans l'intimité de leurs randonnées, Arnaud le surnommait Gobe-mouches, tout en se demandant pourquoi il supportait sa présence. Mais, il se rappelait avoir fait vœu de sonder tout visage humain. Et Hovsep se révélait être un bon sujet d'observation. En effet, en sa compagnie, celui-ci arborait apparemment le même air admiratif à son égard. Cependant, sous ce masque, on devinait parfois l'inquiétude, la peur, le désespoir.

Arnaud méconnaissait l'inaction, ayant longtemps été habitué à préparer ses interminables préparations médicinales. C'est la raison pour laquelle il ne tenait pas en place à Ercis qu'il arpentait donc en tous sens. En quelques heures, rien ne lui fut étranger des mœurs de la population, des spécialités de l'artisanat local, des cultures pratiquées. Il se faufilait entre des ruches, ou chez un particulier rencontré par hasard consultait un bestiaire. Il était ici et il était là, toujours en mouvement. De son passé de savant, il n'avait gardé qu'une indomptable énergie. Tout sollicitait son intérêt : des façades incendiées de soleil et une pierraille vernie par la lumière du jour, des bêtes de somme harassées et des brebis pâturant, des femmes plumant une volaille ou touillant un brouet. En compagnie d'Arnaud de Roanne, la moindre bourgade devenait labyrinthe, tout menu fait était doté de sens.

A Ercis, un après-midi, un homme à la voix feutrée l'aborda. Avec des manières de conspirateur, l'inconnu fit au médecin une proposition qui l'étonna, le troubla, le laissa perplexe. On l'invitait à des plaisirs qu'il avait longtemps méprisés car il avait été obligé de se détourner des tentations de la chair afin de mieux se consacrer à ses recherches. En somme, son ignorance et son retrait des choses de l'amour le différenciaient peu d'un moine. Mais depuis qu'il dédaignait enseigner et pratiquer l'art de guérir, il lorgnait souvent les filles. L'entremetteur s'était sans doute décidé à lui parler, après avoir remarqué les regards éloquents qu'il portait sur des passantes. Arnaud eut le geste de rassembler autour de lui les plis de son manteau, mais il se souvint qu'il l'avait troqué. Il se sentit sans défense devant l'offre de son interlocuteur et finit par hocher la tête en signe d'acceptation.

Hovsep, comme à l'accoutumée, se tenait à quelques pas de là. Sans en avoir perçu en détail les mots, il avait saisi le sens de la conversation. D'imaginer Arnaud avec une femme lui était par trop insupportable pour qu'il pût l'entendre. Il ne réfléchit pas et repoussa violemment l'homme qui, dans un réflexe de défense, fit tournoyer un fouet dont le manche tout entier disparaissait dans le poing, un fouet qui aurait pu être un jouet d'enfant. Hovsep palpa son stylet. L'homme eut un rire. Alors Arnaud s'interposa entre eux et calma les esprits.

Lorsqu'il vit le médecin et l'inconnu mystérieux qui s'éloignaient, Hovsep s'élança sur leurs traces, se disant que lui aussi était prêt à se vautrer sur un lit avec une garce.

Hovsep était incompétent à juger de la beauté ou de la laideur des filles qui déambulaient dans cette vaste salle de bordel. Leur presque nudité le gênait. Il aurait offert une fortune, qu'il n'avait pas, à un mage pour le ramener à l'époque de ses brigandages, à cette adolescence où ses désirs étaient uniquement des désirs de sang répandu, où son destin n'était pas scellé par un médecin qui lui accordait moins d'attention qu'à son ombre. Mais un tel miracle ne se réaliserait jamais. Des insensés, pour fuir un tourment ou les dangers que prodiguait la réalité, n'avaient obtenu de sorciers qu'un voyage de quelques instants au pays de l'oubli.

Quand Hovsep se fut retrouvé dans une chambre, il refusa que la fille qui lui avait été dévolue le touchât. Elle lui proposa malgré tout de venir s'étendre sur le lit. Il ne répondit pas. Elle ferma les yeux et parut endormie. Mais ce n'était qu'un simulacre, car il l'entendit renouveler d'une voix claire son invitation. Il lui confia alors être la victime d'un mal lui interdisant tout rapprochement. A son aveu, elle eut un sourire énigmatique. En sa compagnie, il se sentait, et c'était étrange, apaisé. Il le lui dit. Elle sembla ne pas l'avoir écouté. Cette impression de calme ne dura pas. Des murmures provenaient de la chambre voisine, ce qui mit aussitôt Hovsep sur la défensive. La fille se coula hors du lit, se dirigea vers la cloison et lui désigna un judas grillagé qui y était pratiqué.

Hovsep put ainsi observer l'emmêlement de deux corps nus. Tandis qu'il fixait leurs ébats, une main emprisonnait son sexe. Il se retourna vers la fille et la gifla. Elle hurla quand il la frappa de nouveau. Elle hurlait encore quand la porte de la chambre s'ouvrit, qu'on empoigna Hovsep par les épaules et qu'il fut jeté, en indésirable qu'il était, dans la rue.

Aux premiers cris aigus qui se répercutèrent à l'étage des étreintes, la compagne éphémère d'Arnaud repoussa le corps qui la possédait. Elle sauta à bas du lit, enroula un voile autour de son corps et se précipita dans le couloir pour ne plus réapparaître. Sur la couche désertée, le Roannais maudissait la curiosité des femmes et ce vacarme qui avait osé interrompre un acte inouï et resté inachevé, mais dont seule la répétition dans une étable, sous une tente ou dans une chambre identique à celle-ci lui importait plus que tout désormais. La timidité d'un homme vierge, qui avait présidé au prélude de cet acte, céderait peu à peu à la brutalité du soudard. Une face, si belle fût-elle, aurait moins d'attrait que la chair offerte. La moiteur des draps favorisait des pensées sensuelles.

L'homme mystérieux fit irruption dans la pièce et le renseigna sur la conduite inqualifiable qu'avait eue Hovsep. Entre deux imprécations crachées avec une théâtrale virulence, il l'engagea à mieux choisir dorénavant ses amis ou ses valets. Il n'était pas homme à s'embarrasser de prévenances. Ce fut un gaillard furibond qui chassa Arnaud de Roanne de la chambre à grand renfort de bourrades.

Et c'est sous les huées et des hululements de colère, qui l'accompagnèrent jusqu'à la rue, qu'Arnaud quitta le bordel. Ramassé sur lui-même, Hovsep l'attendait. A la vue de la forme prostrée déjà tout entière soumise au châtiment qui ne manquerait pas de venir, Arnaud ressentit du dégoût. Ce sentiment lui était jusqu'alors étranger. De même l'esprit de vengeance se faisait jour en lui. Mais il refusa de briser les os d'un homme maintenant secoué de tremblements, car il avait décidé d'incarner celui qui préfère l'indulgence à la rancune. Il entoura de son bras la taille de Hovsep, l'assurant de ne lui tenir nullement rigueur du scandale causé entre les murs d'une maison qu'il se reprochait d'avoir fréquentée. De retour au caravansérail, Arnaud lava avec soin le visage tuméfié et y appliqua un emplâtre qui devrait rapidement effacer les ecchymoses. Cette scrupuleuse sollicitude ébahit l'eunuque qui l'accepta comme un présent et comme le témoignage d'une amitié osant enfin se déclarer.

XII

Il était une ville à mi-distance entre Ercis et Tabriz qu'un séisme devait effacer dans les premières années du quatorzième siècle. Dans cette ville fière de ses marchés et de ses vergers, Montefoschi dut prolonger de plusieurs jours une halte qu'il avait prévue courte : une dysenterie affectait plusieurs caravaniers.

Face aux glaives et aux arcs des soldats de Héthoum, les habitants avaient renoncé à chasser hors de leurs murs des hommes apathiques, répandant une puanteur que seule la proximité de cadavres d'animaux leur avait permis de respirer.

Inflexible dans ses décisions, Arnaud de Roanne renvoya une délégation de marchands venue lui demander de soulager par quelque drogue ceux des leurs qui souffraient de diarrhée. Il avait récusé toute autorité en la matière. On l'avait traité de cruel et d'indifférent. Montefoschi le sauva du lynchage en invoquant un mal qui dévastait la belle ordonnance d'une intelligence. On le crut, et l'incident fut clos. Mais au cours d'un tête-à-tête orageux avec Arnaud, il le blâma pour l'inconséquence de son égoïsme. Le médecin voulut alors éclairer par des confidences qui lui coûtaient une attitude qu'il reconnaissait condamnable. Le Vénitien balaya d'un geste exaspéré les raisons de cette conduite pour le moins incompréhensible. Il le compara à une sentinelle qui se rendrait coupable de non surveillance et menaça de le condamner à la cangue s'il s'obstinait à nier ses talents de médecin. Arnaud réagit avec une douceur hautaine, le remerciant de l'avoir soustrait à la fureur des marchands en formulant une vérité : son intelligence, en effet, se délitait de jour en jour et sa mémoire n'était plus qu'un réservoir vide. Il ajouta enfin qu'il avait besoin de repos. Montefoschi, impressionné par le calme aveu, s'excusa de sa sortie et prit congé.

Quelles que fussent ses déambulations, Arnaud se retrouvait toujours aux abords d'une certaine demeure. Son portail, aux panneaux de bois lisse et d'un brun roux, s'ouvrait à toute heure devant les servantes encombrées de paniers. Derrière cette monumentale austérité, le remue-ménage des cuisinières et des valets, la placidité des maîtres et la turbulence des chiens orchestraient une rumeur de forum. La fascination que cette maison exerçait sur Arnaud avait trait à la mort. Il se voyait monarque d'une nombreuse domesticité et d'un cercle de femmes attentives au moindre de ses mouvements et de ses caprices. Il aurait assez d'autorité pour régler chaque instant d'une vie quotidienne qu'aucune tourmente d'ordre privé ne viendrait troubler. Dans la fastueuse monotonie des jours, il s'accoutumerait en sage à l'idée de devoir fermer définitivement les yeux sur la beauté de son épouse. Il acquerrait l'orgueilleux détachement de tout luxe et de tout plaisir dont il avait lu chez les Anciens le cheminement et l'apothéose. Mais, dans un champ de Castille, et sous un sévère soleil, il avait eu l'intuition qu'il n'accéderait jamais à la vieillesse.

Les habitants de cette demeure avaient été les derniers à quitter la ville funèbre. Des chants d'oiseaux et des piaillements montaient d'une cour intérieure. Une nuit, Arnaud escalada un mur qui s'effritait à maints endroits. Il atterrit dans la cour qu'occupaient à l'un de ses angles une cage et en son centre un bassin. Quelques gloussements et des battements d'ailes l'accueillirent. Du revers de la main, Arnaud épousseta ses vêtements. Ce geste, qui n'avait rien d'extravagant, affola pourtant les volatiles confinés dans la cage. Une danse sauvage pallia un envol qu'interdisaient les barreaux. Arnaud, auquel les Khazars, éminents chasseurs, avaient enseigné la pratique du leurre, roucoula. Cet artifice eut son effet : le vacarme se tut dès les premières notes du chant.

Arnaud visita les salles d'apparat et les salles de repos, les cuisines et le cellier. Puis il arracha des sofas et des lits les étoffes souples et soyeuses qui les recouvraient et, muni de cette brassée crissante, il retourna vers la cage. A son approche, les jacassements reprirent. Il tendit sur l'armature d'osier les luxueux tissus. Une nuit d'or et de pourpre imposa le retour au perchoir.

Arnaud préféra cette fois emprunter le portail plutôt qu'escalader le mur. La serrure résista peu sous la pression d'une lame de couteau. Il laissa la porte entrebâillée. De toute façon, le pillage épargnerait la demeure, étant donné que, sur l'ordre de Montefoschi, la milice arménienne patrouillait chaque nuit dans les rues pour décourager les voleurs.

Étrangement, la ville ne possédait pas de caravansérail. Les marchands logeaient dans des écuries ou des bergeries. Hovsep s'était approprié l'une d'elles. Une toux sèche et une fièvre tenace l'avaient obligé à s'aliter depuis deux jours. Arnaud lui avait préparé un lit de fortune au matelas fait de paille. Un amoncellement de branches feuillues en constituait les montants. Hovsep s'éternisait dans ce nid. Arnaud l'avait assuré que la sève parcourant encore un bois fraîchement coupé vivifiait l'atmosphère la plus corrompue. Dans l'encadrement d'une lucarne, le ciel, tour à tour bleu, floconneux ou d'encre, évoquait pour le malade la fuite du temps.

L'environnement sylvestre eut des vertus salutaires. La fièvre disparut et les quintes de toux s'espacèrent. Il fallait maintenant dégourdir ce corps trop longtemps avachi dans la paille. Arnaud, un soir, proposa une promenade. Il conduisit Hovsep au hasard des rues jusqu'à la maison aux oiseaux. Avant d'en passer le seuil, il annonça qu'il lui avait préparé une surprise et, pour qu'elle fût totale, il devait lui bander les yeux.

Il avait poussé l'aveugle jusqu'à la cage qu'il déhoussa aussitôt de ses tissus chatoyants. Il actionna la clenche et d'une bourrade le fit basculer dans la cage. Dès qu'emprisonné dans la loge d'osier, celui-ci arracha son bandeau. A genoux sous l'effet du coup porté, il comprit quel traquenard on lui avait tendu. Émus par la sollicitude avec laquelle son ami le soignait, il avait un soir déroulé dans un état de confiance le chapelet de ses vertus et de ses vices, de ses marottes et de ses phobies. La plus éprouvante de ces dernières était sa terreur obsessionnelle des oiseaux. Et aujourd'hui, ceux-ci le frôlaient, s'abattaient sur lui avec panique, fureur, frénésie. Il tournoya sur lui-même, se jeta de droite et de gauche pour esquiver ces tourbillons d'ailes. Remiges et pennes avaient le tranchant de la faux, et ces armes aussi rigides qu'elles étaient soyeuses zébraient sa chair de cuisantes entailles. Fauve vaincu par le nombre des assaillants, il rampait maintenant sur le sol. La ronde délirante des volatiles accélérait sa cadence. Dans un sursaut de défense, Hovsep laboura de ses ongles un jabot, et le sang des bêtes se mêla au sang de l'homme. Il se lassa enfin de lutter, s'appuya contre un barreau et se figea en otage qui attend son exécution. La horde perdit alors de son impétueuse agressivité. C'est le moment qu'Arnaud choisit pour rouvrir la porte de la cage. Les oiseaux, un à un, puis dans une mêlée ébouriffée, s'envolèrent vers le faîte du mur d'enceinte. Ensuite, ils montèrent silencieux en une lumineuse nuée vers le ciel nocturne.

Arnaud avait traîné le long corps blessé de Hovsep sur la margelle du bassin. Sa vengeance assouvie, le souvenir de l'éclat qui s'était produit au bordel d'Ercis s'estompait. Et il lui parut misérable d'avoir succombé à un sentiment pour le moins boueux. Lentement, Hovsep sortit du cauchemar où le Roannais l'avait plongé. Il refusa que l'autre l'aidât à se relever. Une grande soif le torturant, il descendit les trois marches du bassin et but entre ses paumes une eau qui avait goût d'eau de mare. Il nettoya lui-même ses plaies. Debout dans le petit réservoir de pierre grise, Hovsep se mit nu et offrit au regard d'Arnaud l'évidence de sa mutilation.

XIII

L'inactivité et l'ennui auxquels le contraignait un voyage en litière, Vartan s'en délestait, à chaque étape, en flânant dans les rues d'opulentes cités ou de bourgs. Son droit à l'inertie revendiqué à Erzincan n'avait été que l'expression d'une humeur passagère. Il avait croisé plusieurs fois à Ercis l'invraisemblable couple que formaient Arnaud et Hovsep. La brièveté des rencontres ne lui avait pas permis de deviner la froideur que l'un réservait constamment à l'autre et la soumission, qui confinait au vertige, du second au premier. Mais il s'autorisait à échafauder des hypothèses sur la surprenante vision du médecin que talonnait toujours l'équivoque Arménien. Il les suspectait, entre autres, d'être liés par quelque affaire louche qui les menait à l'antre d'un receleur ou d'un faussaire. Dans la petite ville où l'on enterrait à la sauvette des caravaniers, le hasard lui fit croiser de nouveau les compères. Cette fois-ci, Hovsep n'était plus à la traîne d'Arnaud. Ils marchaient côte à côte tout en discourant. Vartan leur emboîta le pas. Ils quittèrent une esplanade pour une ruelle et la ruelle pour l'ombre d'un verger. Leur conversation laissa peu à peu place au silence de la complicité. Vartan les suivit jusqu'à ce qu'ils retournent aux ruelles et qu'Arnaud se sépare de son compagnon. L'attachement que cette tendre déambulation prouvait l'ulcéra, et il envia cette mystérieuse amitié. Elle lui rappelait, mais à tort, le sentiment qui liait son père et la servante. Un démon lui souffla d'en détruire l'existence. A Montefoschi, il fit un rapport d'espion. Il dénatura la signification des gestes, inventa une histoire qui serait née à Erzincan. Il eut un trésor d'anecdotes pour mettre en lumière la duplicité de Hovsep et la corruption d'Arnaud. Ces révélations accablèrent le Vénitien. Lorsque Vartan se retira, c'était un homme plein de fureur et voué désormais à une morbide jalousie qu'il abandonnait. Mais le lendemain, Montefoschi ne laissa rien paraître du dépit et de la folie qui allaient réduire en cendres ses ambitions et ses rêves de gloire.

Les malades, deux aurores plus tard, se rétablirent. La caravane se mit en branle et s'éloigna d'une ville qui fermentait dans une odeur pestilentielle. Pour les marchands, elle demeura à jamais un lieu gouverné par des esprits malfaisants dont l'haleine, comme un vent délétère, empoisonnait l'air et pénétrait jusqu'aux viscères. Bien qu'élevé dans la foi chrétienne, Montefoschi n'avait cessé, dès sa première chevauchée sur des terres inconnues, de tordre le cou à ses préceptes religieux. Il avait déposé des offrandes au pied de statues de dieux dont il ignorait l'enseignement. Avant l'adieu à la ville d'où ne s'élevaient plus de gémissements, où un calme morne s'était emparé des rues et des maisons, il versa sur la paille d'une écurie une bassine de miel afin que les esprits s'enivrent à son parfum.

XIV

Sur les marchés de Tabriz, les éventaires regorgeaient de rouleaux de soie, de coton et de taffetas, proposaient l'ambre et le musc. La lactescence des perles et le vert des émeraudes irisaient de reflets la nuit des arrière-boutiques. Depuis le sac de Bagdad par les Mongols, Tabriz s'était octroyé en Perse le statut de capitale du négoce. Nestoriens et Jacobites s'y côtoyaient sans animosité. Mais la religion iconoclaste des Mahométans opposait ses fanatiques aux fous d'un dieu crucifié et ressuscité d'entre les morts. Les guerres saintes se profilaient à l'horizon.

A Tabriz, les chemins de Montefoschi et de la plupart des marchands devaient se séparer. Seuls les plus aventureux d'entre eux continueraient vers l'Orient, vers des déserts que l'on décrivait comme la bouche de l'Enfer, vers les neiges du Pamir et les cours princières où, disait-on, les femmes usent de sortilèges pour retenir près d'elles les brutes venues de France ou d'Italie. Ils accompagneraient donc encore Montefoschi sur les routes d'un monde que même les cartographes arabes ne répertoriaient pas. L'autorité naturelle du Vénitien et la familiarité de terres inexplorées qu'il se targuait d'avoir sillonnées étaient un gage de succès pour ce périple, dont la seule idée effrayait les couards et les dédaigneux d'un univers indéchiffrable et multiple. Pourtant, ils n'estimaient ni Hovsep et sa hâblerie, ni Montefoschi et ses goûts de bougre, ni Arnaud de Roanne et son impassibilité qu'ils associaient à de la fourberie ; mais ils espéraient que ces trois êtres choisis pour transmettre à des barbares la grandeur d'une civilisation les feraient entrer, vivants ou morts, dans la légende. Ils seraient les témoins de trois destins dont chaque segment de la trajectoire aurait le flamboiement d'un soleil.

Dans la ville de Tabriz vivait un Grec qui s'était retiré du négoce depuis de longues années. Par sa fréquentation assidue des banquiers les plus influents de Perse, il assistait à la fructification régulière de son capital. Mais il n'épuisait pas tout son temps en tractations financières. Marcos Traboukis se piquait de philosophie et de théologie. Des penseurs doublés de sages le renseignaient sur les pratiques de purification des brahmanes et l'édifiaient sur le renoncement à toute chose auquel Épictète avait consacré son existence ; sous les ombrages de son jardin, des zoroastriens évoquaient par métaphore la cité des profondeurs qu'avait édifiée en un temps lointain Afrasiyab ; des prêtres arborant une croix pectorale ressassaient les événements qui avaient marqué la courte vie du Christ. Tout en écoutant ces hommes, Marcos s'enorgueillissait d'avoir su réunir autour de lui les représentants de toutes les religions et de converser avec eux comme le faisait Kubilaï.

Lors d'un voyage en Géorgie de Traboukis, un homme avait soigné et sauvé son cheval que des chiens avaient mordu au jarret. Cet homme était Arnaud de Roanne. Entre eux, une amitié était née. Dans une auberge de village, ils avaient échangé le fruit de leurs expériences. Une joute oratoire avait opposé leurs savoirs ; le Grec amusait son interlocuteur en l'initiant aux ruses des marchands ; Arnaud de Roanne exhumait de grimoires cent propositions de sorciers pour vaincre le tournis des moutons. De généralité en généralité et de remarque en remarque instructive sur leurs activités respectives, ils en vinrent à éventer leurs secrets. Et de secret en secret, ils décidèrent de continuer ensemble leur route jusqu'aux frontières orientales de la Perse. Là, ils se séparèrent, car Arnaud devait remonter vers le nord pour voir de ses yeux des cavales suant abondamment le sang et pour cueillir dans la vallée du Naryn des fleurs bleues germant uniquement sur les déjections des loups. Traboukis, quant à lui, s'en retournait en Perse pour y choisir une épouse.

La vaste demeure de Marcos s'élevait non loin du marché aux poivres. Ses murs d'enceinte embaumaient les épices. En les longeant, le promeneur voyageait, par les senteurs qu'exhalait la pierre, jusqu'aux contrées les plus lointaines que seuls décrivent les contes. Marcos siestait de longues heures durant, et ses fleurs, ses arbres et ses fontaines donnaient à ses rêveries une étincelante coloration.

Dès son arrivée à Tabriz, Arnaud, accompagné de Hovsep, visita son ami. Ils ne s'étaient pas revus depuis leurs adieux sur une piste jaune à la poussière aveuglante. Leurs retrouvailles respiraient la joie d'un espoir récompensé. Ils burent du vin blanc de Chiraz et se restaurèrent de riz à l'épine vinette, de coings farcis et d'une terrine de fruits confits au vinaigre. L'épouse de Marcos Traboukis s'était retirée dans ses appartements dès le début des agapes. Marcos se plaignit d'être sans héritier. C'était une douleur permanente qui lui faisait considérer ses richesses comme de peu d'importance. Il était des matins où l'insignifiance des choses s'imposait à lui. Des médecins avaient ausculté Erietta et n'avaient décelé en elle rien qui pût lui interdire l'enfantement. Un astrologue avait dressé son horoscope. Il démêla les influences astrales pour en dégager l'épure d'un caractère maternel et sans concession ; la conjonction des planètes lui promettait un foyer où un berceau aurait sa place. Mais un devin avait vu un spectre au côté de Marcos. Son interprétation de la présence macabre concluait à l'impossibilité de son hôte à poser la première pierre d'une dynastie. Marcos avait songé à répudier son épouse stérile. Cette solution n'eut pas de suite : un amour absolu le liait à Erietta. Malgré la puissance de ce sentiment, il séduisit des bourgeoises de Tabriz et partagea la couche de ses servantes. Il n'en engrossa aucune. Alors, il en vint au dégoût des ventres invariablement plats. Puis, fouillant sa mémoire, il dénombra ses ennemis. Une dizaine de faces rubicondes ou blafardes lui rappelèrent qu'il avait grugé sans remords des imbéciles ou profité de la panique de négociants aux abois. Il était probable que l'un d'entre eux se vengeait de lui en requérant l'aide d'un sorcier. Les maléfices avaient agi avec succès : la semence de Marcos Traboukis ne pouvait féconder. Mais plus il se rendait à cette explication et plus il se refusait à l'idée de n'avoir pas d'héritier. Des séances de désensorcellement furent vaines. Il se décida enfin pour un stratagème qui révolta Erietta. Elle le suppliait de ne pas la livrer aux étreintes d'un inconnu. Il argumentait, elle réfutait ses démonstrations. Il eut des colères qui n'ébranlèrent pas sa résolution. Elle céda pourtant quand la prostration succéda aux tempêtes verbales. La pitié et le désespoir lui firent piétiner une morale à laquelle elle s'était conformée depuis son enfance. Dans la grande chambre conjugale, elle se para pour recevoir un amant éphémère. Marcos Traboukis avait fait élever autour du lit une haute palissade percée d'une porte basse. L'espace entre les murs et la clôture créait un couloir circulaire. Marcos introduisit lui-même auprès d'Erietta un marchand, de passage à Tabriz, que des dettes étranglaient. Il mit dans les présentations une solennité qui amena un sourire sur les lèvres de ce garçon de vingt ans, et l'amertume sur celles de sa femme. A ce moment seulement Erietta détesta son époux. Du couloir, le mari complaisant par nécessité entendit des chuchotements, des gémissements et des cris. Le jeune homme quitta la chambre à l'aurore, rétribué grassement selon la clause stipulée par le contrat. Avant le triomphe du jour, la palissade fut démontée. Mais les mois s'écoulèrent et le ventre d'Erietta ne s'arrondit pas. Marcos se demandait si la malédiction n'avait pas frappé sa femme autant que lui. Elle l'en détrompa en avouant qu'elle avait soudoyé le garçon pour qu'il ne la touchât pas. Ils avaient simulé tous les signes d'un plaisir partagé. L'aveu foudroya Marcos, pourtant il n'eut pas un reproche pour cette ruse qui condamnait son nom à l'oubli, car il admirait la force que sa femme opposait à la sienne et cela fit qu'il l'en aima plus. Chaque nuit, ils se rejoignaient. Mais l'instant de haine qu'avait vécu Erietta s'était fixé en elle et maintenant elle supportait mal une passion dont elle était lasse d'être l'objet. Elle en était arrivée à attendre avec impatience de rencontrer un autre homme qu'elle armerait d'un poignard.

Arnaud s'aperçut que la jovialité de Marcos n'était qu'une pause entre deux puissantes vagues de tristesse. Le Grec espérait trouver un peu de réconfort auprès de son ami, mais ce fut en vain. Arnaud avait changé. Il se montrait avare en mots qui réconfortent et répondait par le silence aux confidences de son ami. Sans raison, il répugnait à relater ses aventures, ses triomphes et ses déboires, les paysages traversés et les êtres rencontrés. Sa farouche réserve brisait leur complicité d'antan. Un tel laconisme froissa Traboukis, qui l'expliqua par l'influence désastreuse qu'avaient parfois les provinces du Nord sur les âmes sensibles. Vivre dans ces froides forêts, errer sur les infinies étendues d'herbe finit par détruire le goût du partage et l'amour des mots. Arnaud ne le contredit pas. Il eut pour excuse un appauvrissement tel de son vocabulaire qu'il avait honte de retracer ses pérégrinations. Pour effacer la défavorable impression qu'avait de lui son ancien compagnon de route, Arnaud décrivit en phrases trébuchantes la maison aux oiseaux et, sans nommer Hovsep, il évoqua sa folle vengeance, les oiseaux, le ciel comme un chaudron et, sans transition, parla en termes crus de la putain d'Ercis et de l'inassouvissement charnel dont il s'enorgueillissait depuis. Eh bien, use de mes servantes ! lui dit Marcos.

Rituellement, une semaine durant, en début de chaque après-midi, Arnaud se rendait chez Traboukis, Hovsep toujours pendu à ses basques. Marcos devisait de préférence sur l'organisation militaire de la Perse, sur ces Mongols qui tranchent facilement les têtes et tolèrent toute religion, sur les incessantes escarmouches entre Génois et Vénitiens. Erietta faisait une brève apparition dans les jardins pour vérifier que fruits, pâtisseries et boissons seraient largement servis, puis s'éclipsait. Arnaud négligeait les friandises, se contentant de boire un cruchon de vin épicé. Vaguement ivre, il se levait alors pour se rendre à ses sensuelles occupations que Marcos généreusement avait favorisées. Il entrait dans la maison de son ami où, dans un réduit, la nudité d'une fille de cuisine, toujours, lui était offerte.

Traboukis restait donc seul en compagnie de Hovsep. Celui-ci s'ennuyait avec le Grec qui, pour ne pas qu'un silence trop lourd s'installât entre eux, se lançait dans d'extravagants discours, sans éprouver la moindre curiosité à son égard. Un de ces monologues ressassait son désir d'orner la chambre conjugale d'une fresque. Marcos était à la recherche d'un artiste qui pourrait lui présenter plusieurs projets sur un thème que depuis longtemps il avait décidé. Hovsep lui parla de Vartan. L'enlumineur préféré de Héthoum, assura-t-il, saurait également se révéler un admirable fresquiste. Le rencontrer serait facile. Il se proposa de jouer l'intermédiaire. Marcos accepta.

Dès le début de l'entretien avec Traboukis, Vartan ne cacha pas son proche départ de Tabriz. En conséquence, il ne pourrait fournir que des esquisses. Mais Marcos lui répliqua qu'une fois à la tâche, il renoncerait peut-être à un voyage insensé. Empourprer l'aile d'un faisan ou glisser un feu sombre dans les plis d'un manteau en un unique coup de pinceau a détaché plus d'un homme de ses rêves de gloire terrestre. Et sans théâtralité, mais sans pudeur, Marcos en vint ensuite à se confier au sujet d'Erietta, avouant son adoration et son amour. Tout en parlant, il était bouleversé d'employer des mots que ses lèvres n'avaient pas prononcés depuis des mois. Il s'étonnait de se livrer avec une si grande liberté à un étranger. Vartan se pencha vers lui pour mieux recevoir la confession qui venait. Marcos braqua enfin le cinglant faisceau de son aveu sur un acte dont il avait honte. Vartan bientôt n'ignora plus rien de cette chambre où Erietta s'était étendue, sur ordre de son époux, aux côtés d'un vénal et jeune marchand. Le Grec eut le long soupir d'un homme qui évalue soudain l'ampleur du désastre qu'il a provoqué, et il revoyait la femme qu'il aimait dans son décor quotidien, au temps de leurs amours. Brusquement, il déclara que la fresque devait représenter trois vierges enlacées, trois vierges qui seraient la même femme à trois âges de sa vie. Elles symboliseraient l'innocence, l'amour et la mort. Il tenait à ce que le visage le plus marqué par le temps gardât les traces d'un passé comblé d'affection et de ferveur. Et derrière ces trois figures, les surplombant, il y aurait une croix sur laquelle serait crucifié un chien, car c'est ainsi qu'il voulait être représenté, lui Markos Traboukis, lui qui avait anéanti par sa folie la belle harmonie d'un couple. Vartan promit de dessiner, puis de peindre trois femmes enlacées. Toutes, dans son esprit, avaient les traits de Rhipsimé. L'amour rehausserait d'un éclat de nacre la lisse sérénité de l'innocence, et la mort creuserait des joues que l'amour avait arrondies. Il ne songeait plus aux cartes nervurées de fleuves et verdies de forêts. Voyager serait désormais explorer les indicibles altérations du grain de la peau et de la joie filtrée par de lourdes paupières. Et, peinte, la beauté survivrait.

Vartan renoua avec des gestes qu'il n'avait eus qu'envers un évêque ou son roi : il baisa les mains de Marcos Traboukis et prononça des phrases d'une tendresse filiale. Il n'avait partagé avec son père qu'une intimité qui le glaçait. Mais auprès de cet homme, il découvrait la chaleur de l'abandon. Marcos accepta la reconnaissance que lui témoignait Vartan. Il ne s'en étonna ni n'en conçut de méfiance. Dès qu'il s'était avancé dans le jardin, ce garçon qui avait enchanté par ses œuvres une cour et un couvent l'avait conquis. Depuis des mois, il n'avait pas été honoré comme aujourd'hui. Aussi caressa-t-il la tête qui se courbait devant lui. En cet instant, il se sentait être un seigneur, un bienfaiteur, un ami.

Dès le lendemain, après avoir visité la chambre conjugale, Vartan se retrouva dans la pièce exiguë mais fraîche où le Grec rongé de chagrin avait conclu avec lui une alliance que ne ratifiait aucun document. Il s'exerça à tracer sur une planche de bois clair la forme de trois corps qui s'inclinaient légèrement vers une source encore invisible.

A l'heure où la pierre des fontaines blondissait, où le bleu du ciel s'intensifiait et où le vert des arbres s'ambrait, où églises, synagogues et mosquées semblaient coulées dans le même airain, Arnaud de Roanne pénétrait dans la demeure de Marcos. Il était prêt à s'engager pour la septième fois dans un corridor lorsqu'une femme surgit devant lui et prit sa main. Elle ne souriait pas, n'arborait nulle attitude provocante. Erietta était égale à elle-même. Il songea à se libérer de la main qui enveloppait la sienne, mais il n'eut pas un seul mouvement du poignet. Erietta ne murmura aucun mot. Comme le jour où Marcos l'avait présentée à Arnaud, elle se limita à un hochement de la tête, à un regard dépourvu de bonté et de douceur. Sans lâcher sa main, elle se détourna de lui; elle était son guide. Il y eut des cours intérieures et des salles encombrées de lampes, de coussins et de coffres. Arnaud oublia Marcos. La honte ni le désir ne le troublaient. Il était comme plongé dans un rêve, insensible à la lointaine rumeur de la ville où se croisaient, s'épiaient, s'affrontaient tant d'hommes venus de tant d'horizons. Tout lui était extérieur, rien ne l'atteignait. Mais quand elle lui fit face, il fut impatient que la porte se refermât sur eux.

Erietta l'avait conduit dans la chambre conjugale. Elle avait préalablement fait dresser des espaliers autour du lit, d'où fluaient des voiles bleutés et brodés de chimères, de lions et de roses d'argent. Cette haie de nuit pâle constellée de monstres, de fauves et de fleurs serait démontée au soir. Marcos ignorerait ainsi la fragile splendeur dont se serait entourée pendant quelques heures sa femme. Arnaud et elle passèrent ce mouvant rempart de soie. Alors, cloîtrés dans cette chambre, Erietta Traboukis et Arnaud de Roanne s'aimèrent.

Plus tard, une fois qu'il l'eut quittée, Arnaud se souvint de la palpitation des étoffes et de la ruisselante douceur d'un corps. C'était tout et c'était peu, car le visage de la femme échappait à sa mémoire. Et cette absence avait quelque chose de maléfique ; elle rendait insignifiante la caressante beauté des chamarrures d'un tissu et du lisse de la peau. Il tenta désespérément de retrouver les traits d'Erietta, mais sa mémoire obstinément les lui refusa.

Trois fois, Arnaud rejoignit cette femme et l'aima. Il ne fomentait aucun plan avec elle, l'avenir lui était indifférent. Et toujours, dès qu'il s'élançait dans les rues, après leurs étreintes, le visage d'Erietta ne devenait plus qu'un ovale de cendres, puis un creux, et enfin une nuit absolue. Arnaud s'accoutumait à cet abîme, même s'il en souffrait. Mais la quatrième fois qu'il s'étendit contre ce corps désiré, il sut que son visage ne s'anéantirait plus dans les ténèbres. Elle avait l'abandon d'une femme endormie. Il se souleva sur un coude et l'observa. Chaque détail du corps offert s'exposait comme un paysage à la lumière, mais un paysage indéchiffrable. Erietta souriait. Elle éleva le bras et sa paume couvrit l'arrondi et la tiédeur d'une épaule. Elle se redressa et ses doigts progressèrent vers l'omoplate, délimitèrent un coin de peau marqué de rouge.

Lors de leur première après-midi dans la chambre, elle avait déjà remarqué la tache inquiétante. Sous la pression des doigts, celle-ci prit une couleur vineuse. Elle y appuya l'ongle, à l'endroit exact où le stylet d'un émissaire de l'évêque d'Erzincan avait si adroitement frappé. Arnaud eut un cri bref et sourd. Erietta l'obligea à se coucher sur le ventre. Elle se lova contre lui, la joue contre sa nuque, la chevelure répandue sur son dos, et baisa l'endroit meurtri. Quand elle dénoua son étreinte, ce fut pour tirer de sous le lit un flacon qu'elle vida sur l'épaule malade. Le liquide huileux embaumait. Cette préparation, l'assura-t-elle, allège la douleur.

Elle lui ordonna maintenant de se vêtir, le fixant avec une extrême lassitude. Lorsqu'il se fut rhabillé, elle lui demanda de quitter la pièce. Il hésita, mais elle l'embrassa sur les lèvres, lui dit adieu, appela une servante et se détourna de lui.

Arnaud traversa le jardin, passa devant Marcos et ne s'arrêta pas. Traboukis reconnut dans son sillage le parfum d'un onguent dont sa femme, certains soirs, s'enduisait le cou, la poitrine et le ventre. Il se crut plongé d'un coup dans une fosse.

Le soir même, Erietta s'enfuit de la vaste demeure et Marcos se pendit.

XV

Dès l'aube, Montefoschi sillonnait Tabriz. Il s'activait à la recherche d'une carte, car celle qu'il avait déroulée devant Héthoum s'était révélée décevante. Il se préoccupait surtout d'en trouver une qui lui indiquerait avec sûreté la route permettant d'éviter le Pamir. Il se réjouit enfin d'avoir découvert ce qu'il espérait depuis des jours en étalant sur ses genoux une carte couleur de sable. Y étaient dessinés des fleuves et des massifs, que soulignaient des noms. Le marchand jura qu'elle était le fruit d'un long travail fourni par un cartographe persan et qu'aucune ne l'égalait dans l'exactitude. Le Vénitien déposa sur une petite table ronde trois piles de tacolins. L'autre en ôta deux de chaque pile, les soupesa, les fit s'entrechoquer et tinter dans le creux de sa main comme l'eût fait un joueur d'osselets, puis les empila. C'est une honnête somme pour obtenir une telle merveille, dit-il, et je crois que je vais vous la céder au prix que vous me proposez. Mais la plus élaborée des cartes reste muette sur certaines contrées. Vous êtes peut-être l'aventurier qui donnera, un jour, l'emplacement réel d'un lac ou d'une oasis, d'une mer intérieure ou d'une plaine. Pourtant, vous ne devez pas ignorer que le monde n'est jamais immobile. Si vous affirmez le contraire, vous êtes enfant ou aveugle. Penchez-vous et voyez cette ville marquée d'une croix : elle est parfaitement située. Vous y ferez halte, vous y aimerez des femmes, vous y échangerez des camelots contre du gingembre, à moins que les vents aient éventré ses remparts et dispersé ses pierres, ou qu'une armée l'ait rasée, que des eaux furieuses l'aient engloutie. Aujourd'hui, vous avez sous les yeux une cité et demain ce sera un cratère ou des dunes. Les cartes nous guident à travers un univers en mouvement. Acceptez dès maintenant cette prodigieuse vérité et vous serez enfin un voyageur.

Cette leçon de sagesse retint à peine l'attention de Montefoschi. Les sédentaires l'avaient souvent abreuvé de cette sorte de discours. Le soir même, il étudia longtemps la carte. Elle perdait peu à peu la netteté admirée dans la boutique et bientôt ne fut plus qu'un arbitraire enchevêtrement de lignes, un chaos de rivières et de forêts, enfin une brume où se dissipaient les continents. Le parchemin, inexorablement, absorbait traits et touches de vert, de rouge ou de bleu. Il n'y eut plus de méandres ni de frontières, il n'y eut plus de villes ni de terres infertiles, plus de pays ni d'îles supposées, mais à la place une peau d'animal qui se craquelait et se racornissait. Jusque tard dans la nuit, il blasphéma comme au temps où il négociait en Crimée. Le lendemain, un enfant lui remit une cassette contenant le nombre exact de tacolins versés la veille au marchand. Hovsep reçut l'ordre de ramener ce dernier au caravansérail afin que l'on s'expliquât. Le tas d'or restitué ne consolait nullement un Montefoschi déçu et dépité.

La porte était close lorsque Hovsep arriva à la boutique. Il y tambourina longtemps jusqu'à ce que des voisins s'indignent de ce tapage. Mais pourquoi vous obstinez-vous ainsi ? demanda l'un d'eux, le propriétaire de ce commerce est parti ce matin même pour Bagdad. Nous nous en réjouissons, ajouta un autre, car il est peu rassurant de vivre à deux pas d'un homme versé dans la magie. Les sorciers de Tabriz sont les plus dangereux du monde, renchérit un troisième.

Plus que de bandes de pillards, les dangers d'un voyage de Tabriz au pays des Sères venaient des sables et des vents. Avalanches et pluies rendaient souvent impraticables les chemins de montagne. Le choix de guides sûrs et rompus à des marches difficiles s'imposait. Dès qu'il vit les tablettes d'or de Kubilaï, Sa'ad al-Daula, un médecin juif, en procura deux à Montefoschi. Ces guides, lui dit-il, sont les plus réputés de Perse. Si je devais me rendre en Chine, ce sont eux dont je m'assurerais les services.

Sa'ad al-Daula remplissait la charge de ministre des Finances auprès d'Arghun, l'Ilkhan qui régnait sur la Perse. Le prince mongol se référait en tout à l'avis et aux décisions de son ministre. Cette éminence grise abusait de son influence et de son pouvoir. Il confiait les plus hauts postes administratifs à qui fréquentait la synagogue ou l'église. A son népotisme répondait son impopularité auprès des musulmans. Sa position était donc à la fois forte et menacée. Au cours de son dernier entretien avec le Vénitien, il loua les guides qu'il lui avait recommandés. Jérémie et Tremer sont jeunes, et pourtant d'une grande prudence. Je laisse entre vos mains deux garçons que je considère comme mes fils. Sur les routes de Chine, ils seront peut-être plus en sûreté qu'ici. On me hait, je le sais, et cette haine peut allumer l'incendie de la révolte. Aujourd'hui, la forteresse est imprenable, demain elle sera cendres. Voici ce que je me répète chaque jour. Ma chute est proche, sans doute. C'est pourquoi je veux éloigner ces jeunes gens d'une ville qui verra la vengeance agir et le sang se répandre. Vous avez de la chance. Jérémie, en plus d'être un excellent guide, vous enchantera par ses récits fabuleux d'un monde qui ne ressemble en rien à celui sur lequel je règne.

XVI

Ce fut Mira, une des servantes des Traboukis, qui donna l'alarme quand elle découvrit le suicide de son maître. Elle se martela la poitrine de ses poings et fit mine de s'arracher les cheveux. Un cordial heureusement calma la théâtrale manifestation de son effroi et de sa peine. Une fois rassérénée, elle s'éclipsa de la demeure marquée par le deuil pour colporter de seuil en seuil et d'échoppe en échoppe l'acte par lequel Marcos Traboukis s'était damné. Elle conta aussi l'aube où elle avait surpris un jeune marchand se faufilant hors de la chambre d'Erietta. Elle en fit la cause essentielle du drame. On l'écoutait, on se scandalisa, on jetait l'opprobe sur l'épouse. Mira dévoila enfin sa disparition. Alors, les amis de Marcos entrèrent dans la maison désertée et brûlèrent dans un four tous les effets ayant appartenu à Erietta. Ils jetèrent aussi dans les flammes ses parures et son miroir, puis prièrent Dieu de la condamner à l'errance, au mépris et au remords.

Des talons à la nuque, une brûlure parcourait son grand corps nu. Arnaud délirait à propos d'un poison et d'un onguent. Montefoschi et Vartan, alertés par ses gémissements, étaient accourus dans sa chambre. Seul Hovsep, parti à la recherche d'un médecin, n'était pas au chevet de l'agonisant. Toute la peau d'Arnaud se tavela de rougeurs qui se marbrèrent soudain de taches couleur de lait. En quelques minutes, on aurait dit que le corps avait été frotté à la craie. Quand son visage sembla enduit de blanc de céruse, Arnaud de Roanne mourut.

Hovsep se tenait à distance du cadavre en accusant à voix basse le Vénitien d'être l'empoisonneur. Il psalmodiait et l'amour et le désespoir et la vengeance. On s'écartait de lui, on le laissait chanter seul la litanie de la douleur et de la haine. Il y avait dans son regard une peine immense, mais aussi une violence qui effrayait, qui décourageait les plus émus par la vue de cet homme.

Il hésitait à faire la toilette funéraire de son ami, car ce serait accomplir les premiers gestes de l'adieu.

Le ciel se violaçait quand Hovsep interrompit son chant pour un autre, mélancolique celui-ci, venu des temps anciens et appris dans une enfance dont c'était là l'unique survivance. Hovsep ressemblait à un berger qui entonne un psaume sur l'éphémère des passions terrestres. Sa cantilène s'acheva sur une haute note.

Les stridulations d'un insecte distrayaient par à-coups Vartan d'une tristesse qui stagnait. Il observait aussi le noir velours du ciel. Marcos Traboukis lui manquait. Mais, comprenant qu'on pût se fracasser à une insoutenable réalité, il ne s'insurgeait pas contre le choix que celui-ci avait fait de sa mort. Au contraire il priait pour qu'il lui fût donné de vivre à son tour des sentiments extrêmes. Sa prière s'adressait à un dieu sans nom qui ne jugerait ni l'étreinte charnelle ni la trahison de l'amante.

Une ligne d'or pâle soulignait l'horizon et, dans la cour du caravansérail, Hovsep brassait l'air de ses bras. Il se déportait de droite et de gauche comme s'il trébuchait sous un fardeau, vaticinait à tous les vents ; le nom de Montefoschi scandait ses élucubrations. Hovsep était toupie, spirale et volutes. Vartan le maîtrisa de ses bras et lui chuchota des mots qui apaisent. L'homme possédé laissa la place à un homme accablé, brisé.

En fouillant le havresac d'Arnaud, Montefoschi trouva une feuille en papier de riz sur laquelle était consignée la composition de diverses potions. L'une concernait les convulsions, une autre les hallucinations. Un apothicaire de Tabriz réussit d'après l'ordonnance à produire un sirop aux propriétés narcotiques. Montefoschi le mélangea au vin que buvait Hovsep. L'effet fut presque immédiat : l'homme sombra dans une bienheureuse léthargie, et c'est dans cet état qu'on le porta jusqu'à une litière. Peu avant le départ de Tabriz, Arnaud de Roanne fut enterré dans un petit cimetière que jouxtait l'église fréquentée traditionnellement par les voyageurs en route pour la Chine.

XVII

Le nombre des marchands réduit de plus de sa moitié, la caravane n'était plus la sinueuse colonne de chameaux, de mules et de cavaliers qui avait quitté Sis. De la milice arménienne subsistait encore une poignée de soldats, le gros de la troupe ayant repris le chemin de la Cilicie. Il en avait été convenu ainsi entre Héthoum et Montefoschi. Le roi avait assuré ce dernier que dix garçons vigoureux, aussi armés que les barbares autrefois aux portes de Rome, suffiraient au-delà de Tabriz à pourvoir à la sécurité de l'ambassadeur et du peintre. Les gaillards sauraient tailler en pièces les pires des ruffians. De plus, il serait de mauvaise politique de faire une entrée trop remarquée dans Pékin. Ce n'était pas le feu et l'acier qu'envoyait Héthoum à Kubilaï, mais l'étendard de la foi.

Les hommes haletaient sous un soleil en fusion. La litière brinquebalait sur une piste caillouteuse. Montefoschi était satisfait d'avoir, par une médecine, vaincu la fureur d'un ancien voleur qui, très tôt dans sa vie, avait pris l'habitude de rompre les os de qui l'avait soutenu. A intervalles réguliers, il administrait le narcotique à Hovsep des lèvres duquel, de temps en temps, coulait de la bave. L'endormi paraissait pourtant serein. Vartan ne s'entremit jamais et laissait Montefoschi accomplir son rituel. Pourquoi, pensait-il, eût-il fallu hâter le retour des visions et des cris de vengeance ? Et puis, il appréciait le silence des routes que rien ne venait troubler et qui permettait de songer à Marcos, mais aussi à l'avenir.

Jérémie répondait au portrait qu'en avait tracé Sa'ad al-Daula. Il avait l'assurance d'un prince qui guide son peuple vers des terres plus clémentes, sans chercher à interpréter le vol de l'aigle dans un ciel blanc, ni s'inquiéter de la sécheresse qui avait tari de nombreuses rivières, les convertissant en lits de poussière. Rien ne semblait affecter sa certitude de conduire la caravane à son but. Il chevauchait toujours aux côtés de Tremer. Ils avaient à chaque halte de longs entretiens près des feux. Montefoschi s'irritait de leur entente sans jamais oser les séparer, car rompre leur complicité serait priver les voyageurs de la connaissance des routes, des plaines et des déserts.

A la nuit, dans la salle commune d'un caravansérail, à l'orée d'une forêt pétrifiée, au cœur d'une campagne, Jérémie se muait en conteur. Parmi les ruines de Saveh, il suscita la présence de loups en décrivant un monde où l'hiver était l'unique saison. Entre ses doigts, du sable s'écoulait et des Francs crurent voir poudroyer une neige oubliée.

Le jour, il était le guide austère et le faucon qui voit la brindille jusqu'au fond du précipice. Il annonçait les ravins et prévoyait, rien qu'en renversant la tête et en auscultant le sommet ou la pente d'une colline escarpée, l'éboulement proche. Il enregistrait tout, l'arête de pierre fauve et les empreintes de l'âne sauvage ou de la gazelle, la tanière du renard ou les traces d'une ancienne bataille. A voix haute, il citait le nom des villes : voici Aveh, ou voici Kashan. Sur des ruines ou sur le sable, il lisait l'histoire du monde. Vartan, en l'écoutant, se souvenait de son père pour lequel un pré n'était jamais cette simple étendue d'herbe où paissaient des bêtes. Rappelle-toi, lui disait-il, qu'ici en des temps anciens ce pré a été élu pour que s'y remporte une victoire.

Durant sept journées, la caravane avança dans un paysage de broussailles couleur de rouille. Les épineux, après le passage des hommes et des bêtes, s'ornaient de touffes de crin et de bouts d'étoffe. Le gibier abondait. D'entre des racines affleurant de terre s'envolaient des faisans. Les soldats, quelques marchands et Montefoschi tiraient à l'arc. On rôtissait les volatiles dans un décor d'arbres nains. Jérémie, tout en mâchant une chair boucanée, percevait au fond de lui les échos d'une chasse où le cerf est un ruissellement d'or et le grand veneur un démon. A l'aube, un vert d'océan inondait l'Est. Des roses scintillaient et la nuit, définitivement, était anéantie.

Une large plaine grise menait au royaume de Kerman. Des tourbillons de chevaux mongols en avaient ébranlé le sol. Le souvenir d'un ciel obscurci par une nuée de flèches hantait encore les habitants de cette terre d'où l'on extrayait la turquoise. Aux environs d'un village, Jérémie recueillit quelques os. Un enfant, ici, était mort. On le suspecta de vouloir réduire en poussière le dernier signe d'un crime ou d'un corps vaincu par la pénurie d'eau. Il expliqua qu'une longue alchimie convertirait peut-être cet os en turquoise. L'explication fut accueillie par des rires. Mais dès le lendemain, nombreux furent ceux qui entassèrent à la dérobée dans des sacs le moindre fragment de ces squelettes d'hommes ou d'animaux qui jonchaient les routes.

Tout le royaume de Kerman retentissait du martèlement de l'acier et empestait la peau tannée. Dans un bourg, Montefoschi se pourvut en harnais, selles et brides.

De ville en ville, Montefoschi faisait charger les chameaux de provisions de farine, de lanières de melons confits, de viande séchée. Il nourrissait à ses frais les marchands, car il se voulait prodigue en largesses, pareil à un roi. Pour cela, il puisait dans sa cassette personnelle. A Tabriz, il avait désigné Vartan comme comptable et celui-ci commençait à s'alarmer des dépenses qui augmentaient sans cesse. Offrir gratuitement à des gens qui possédaient tous un pécule était un caprice. Partager ses vivres, passer des heures à choisir des victuailles à un étal plutôt qu'à un autre était aussi une manière pour Montefoschi de repousser dans l'oubli les amours de Hovsep et sa trahison.

Jérémie et Tremer distribuaient les vins et les gigots. Et le Vénitien regardait la scène à distance. Plus il se dépouillait de ses deniers et plus il s'épargnait toute relation avec les caravaniers et les soldats. Il était un roi généreux, certes, mais un roi qui ne se mêle pas à la plèbe.

Tout en ayant prolongé des jours durant le sommeil de Hovsep, Montefoschi avait gardé l'espoir de renouer avec son compagnon de voyage les relations d'autrefois. Aussi réduisit-il les doses du narcotique et se mit-il à épier sur le visage du dormeur le moindre tressaillement qui l'avertirait de son réveil. En fait, il attendait que se profilât de nouveau la silhouette du voleur d'Ayas sur le seuil de sa chambre. C'est pourquoi, dans les caravansérails, il laissait désormais sa porte entrebâillée.

XVIII

La caravane s'arrêta trois jours à Kuhbonan où Montefoschi apprit qu'à mi-chemin entre cette cité et Shebergan une bande de brigands rançonnait les voyageurs. Une fois l'or dérobé et les marchandises pillées, on dégainait le poignard. La charogne humaine ajoutait ses miasmes aux carcasses animales. On reconnaissait le territoire sur lequel opéraient ces malandrins à l'air corrompu que l'on y respirait. Au lieu de l'effrayer, ce danger stimula le Vénitien, car il aurait enfin l'occasion de démontrer sa ruse et son invincibilité. Il acheta donc des mètres et des mètres d'une étoffe lourde et noire, empila des torches de résine dans la litière et sur un chariot fit charger des pieux, des lances et des volailles en cage.

Aux portes de la ville s'étendaient des terres arides. En plein jour, il imposa une halte dans ce paysage ocre et moutonnant. Dieu, se disait-il, favorise les mirages sur ce sol désertique, afin d'égarer le voyageur et de le punir ainsi de son désir effréné d'aventures et de richesses. Eh bien, moi, sous ce soleil ardent, je serai le dieu qui fera d'une simple caravane une vision semant la panique parmi les brigands. Je serai le dieu qui refuse de perdre dans les sables des hommes gorgés d'ambition et sait écarter le malheur et la ruine. Je serai enfin celui qui les mène en Orient.

Il harangua les hommes, leur confia les raisons de cet arrêt et lança des ordres avec une telle autorité qu'on les exécuta sans trop protester. Dorénavant, le jour serait dévolu au repos et la nuit consacrée aux déplacements, déclara-t-il. Ainsi il fut convenu qu'à chaque halte on dresserait de grands feux qui formeraient un cercle parfait au milieu duquel se tiendraient les bêtes, les trésors et les hommes. Entre chaque brasier, on ficherait dans le sable lances et pieux et on y empalerait les poules. L'intolérable chaleur de l'été en accélérerait le pourrissement. Enfin, marchands et soldats, guides et interprètes s'enrouleraient dans de larges bandes de tissu noir. On caparaçonnerait les chevaux, les chameaux et les mules de la même étoffe. Et de toile noire seraient recouverts également le chariot et la litière. Ce stratagème, conclut Montefoschi, était le seul à pouvoir impressionner, et donc à garder à distance les détrousseurs, les égorgeurs qui sillonnent cette province.

Comme il l'avait prévu, la puanteur et les feux créèrent une frontière que les voleurs n'osèrent jamais franchir. On entendait parfois une cavalcade dans le lointain et parfois d'immobiles présences épiaient d'une dune ce rassemblement d'êtres fantomatiques. Au crépuscule, la caravane s'ébranlait, silencieuse, laissant les oiseaux éventrés à la vermine et au néant.

Chacun avait allumé une torche et la brandissait. Une seule flamme alors paraissait ondoyer au-dessus d'un long serpent couleur de suie. Qui la verrait évoluer au plus profond de la nuit s'imaginerait assister à la reptation d'un animal fabuleux, surgi de l'Enfer et se dirigeant vers les villes pour y instaurer le règne de la peur.

On approcha enfin de Shebergan. Lors de la dixième et ultime halte, les hommes perçurent un changement au-delà des feux. Ils écoutaient le pur silence du désert ; pas un bruit de sabots, aucune ombre se dessinant au sommet des dunes. Les voleurs s'étaient sans doute définitivement éloignés de l'étrange procession, par crainte, peut-être, de côtoyer trop longtemps ces sorciers adorateurs du feu et des charognes.

Les marchands, qu'ils fussent Arméniens, Persans ou Francs, se souviendraient toujours de ce voyage. Il leur avait plu la première fois qu'ils avaient chevauché vêtus de sombre d'évoquer la chauve-souris, puis ils avaient oublié cette ressemblance, car commençait à les étonner qu'on pût simplement avec une torche et des poules empalées retarder et même empêcher des brigands de charger. Non, cela ne suffisait pas à repousser le danger. Alors, ils s'étaient mis à admettre leur métamorphose en êtres intouchables, en princes d'ascendance divine. D'ailleurs, comme on le dit de Dieu, ils n'éprouvaient ni faim ni soif. Mais cette impression survécut à peine en eux, car près de Shebergan ils embrochèrent et firent rôtir les dernières volailles et, la bouche et les doigts barbouillés de graisse, ils redevinrent, sans s'en rendre compte, des voyageurs pareils aux autres, c'est-à-dire de petites personnes insignifiantes, rouées et cruelles à l'occasion. Leurs pensées se tournaient, comme souvent, vers les mines d'or et d'argent, vers les plus importants centres du négoce de la Bactriane. Mais en se refamiliarisant avec eux-mêmes, ils mesuraient soudain ce qui les différenciait de Montefoschi. Le Vénitien, Vartan, Jérémie et Tremer qui dînaient à quelques pas d'eux et avaient ôté leurs noires défroques irradiaient, la chose était indéniable, une certaine grandeur.

Au matin, Montefoschi demanda à tous ses compagnons de ne piper mot de la mascarade, car il est des provinces, les prévint-il, où le récit de l'aventure pourrait être interprété comme un signe de sorcellerie et le risque alors serait grand de finir sur un bûcher, ou encore lapidé.

Hovsep entrouvrit les yeux. Il sentait qu'il avait récupéré des forces. Il lui était maintenant possible de croiser et de décroiser les bras, de replier ses jambes, de s'étendre sur le flanc ou le ventre. Il ne coulait plus dans des rêves sans fond. Aujourd'hui, son geôlier l'avait alimenté d'un bol de bouillie et de rogatons de viande, qu'il avait préalablement mâchés pour en faciliter l'absorption. Mais Hovsep ne lui avait confié ni la souplesse presque retrouvée de ses membres, ni que les brumes de son esprit se dissipaient.

XIX

Des moines sur le chemin d'un pèlerinage avaient aperçu l'ondulation de feu dans la nuit du désert. Par les rues de Shebergan se répandait déjà, à l'arrivée de la caravane, la légende d'un dragon crêté de flammes et d'un bivouac surgi des entrailles de la terre. Montefoschi voulut abréger son séjour, mais les marchands s'y opposèrent fermement, invoquant la fatigue et des affaires qui les retenaient dans la ville. Le Vénitien se rendit à leurs raisons. Au contraire de Hovsep, il était incapable d'inventer des fables pour les obliger à partir sur-le-champ.

Dans cette ville, Vartan assista à d'interminables palabres entre nestoriens et fraya avec des mazdéens. Mais il s'émouvait plus à un rire, au son d'une voix, à la vue d'une épaule dénudée, à celle d'un dormeur que duvetait l'ombre d'un mur, qu'aux joutes oratoires. En réaction à l'austérité des terres qu'il venait de traverser et au silence imposé par Montefoschi, il se saoulait de la diversité des hommes, des coutumes et des croyances. Il flânait dans les marchés, sans se lasser des fragrances dont il s'imprégnait. Il alla aux bains et là, il resta des heures à contempler les corps qui évoluaient devant lui. Lorsqu'un garçon finit par l'inviter à se retirer dans un endroit isolé, il quitta les lieux. Mais revenu au caravansérail, il eut des regrets d'avoir refusé l'invitation, car il avait ressenti du désir pour ce jeune homme. Pourtant, il ne retourna pas aux bains, n'osant pas encore vivre ce que Montefoschi et bien d'autres pratiquaient.

XX

Une inscription au fronton de l'une des portes de Balkh affirmait que la ville avait été construite à la gloire de Dieu et que la volonté du sultan l'avait métamorphosée en paradis. Mais Balkh, depuis des décennies, n'offrait plus au regard qu'un vaste champ de ruines, car l'armée mongole l'avait ravagée. Sous ses murs, les conquérants avaient rassemblé une population hagarde. Pour tout bruit, il n'y avait eu bientôt que celui des sabres s'abattant sur les nuques et celui du piétinement des chevaux. Les survivants du massacre s'étaient vus grossir la longue cohorte des esclaves. Un incendie avait sonné la fin de la prospérité, et d'une cité, et d'une région. Telle une gigantesque pierre tubulaire, seule, se dressait encore la porte de Balkh.

Des arbres ont percé à travers un amoncellement de décombres. La verdure marque ici et là un paysage de désastre. Des bergers et leurs chèvres recherchent l'ombre désormais si rare, puisque la soldatesque de Gengis Khan, un jour déjà lointain, a fait s'embraser vergers et jardins.

La caravane s'arrêta près des fortifications éboulées. L'œil aussitôt embrassait un chaos de pierres où retentissait parfois la chute d'un caillou. Peu de voyageurs étaient assez hardis pour déambuler dans un dédale d'architectures renversées, dans ce silence d'objets fracassés, dans un monde anéanti. Le temps s'employait à éraser un lieu qui ressemblait à un cauchemar hérissé encore des quelques vestiges d'une flamboyante splendeur.

Vartan ressentait de l'effroi devant cette immobile convulsion minérale chamarrée de grands végétaux et livrée aux oiseaux, aux reptiles et aux insectes. Rien dans Balkh à jamais humiliée n'invitait plus aux libations ni au repos. La gorge sèche et les mains moites, Vartan s'enveloppa dans son manteau, voulant nier la réalité, les guerres et les invasions, les supplices et les décollations. Il voulait oublier aussi la fournaise qu'était le jour et la nuit froide qui viendrait, et ne se souvenir que des bains de Shebergan. Alors, il s'endormit pour rejoindre dans ses rêves ce garçon qui lui avait promis le plaisir.

Pendant ce temps, Tremer et Jérémie escaladaient des pyramides de caillasse ; ils dansaient sur la margelle d'un puits comblé par des poutres. Ils se provoquaient amicalement et se battaient sans hargne. Lutins scandaleusement gais, presque incongrus dans ce noir décor qui suit les cataclysmes, ils prenaient possession des lieux. Un même sourire s'éternisait sur leurs lèvres et un même regard s'attardait dans leurs yeux. Une obscure parenté d'âme les unissait. Ils semblaient se réfléchir l'un en l'autre.

Montefoschi assistait à leurs courses qui s'entrelaçaient. L'impétuosité des deux garçons l'étourdissait. Comme des prédateurs leur proie, ils le fatiguaient en s'approchant et en s'éloignant de lui par des bonds incessants. Il se montrait à leur égard d'une indulgence tout inhabituelle et n'avait pas un mot pour les rabrouer ni un geste pour interrompre leurs jeux. Soudain, il les saisit par la manche, les morigéna comme des écoliers insolents et, brusquement fasciné par leurs gestes en miroir, leur lança : Calmez-vous, les Jumeaux ! – Jumeaux ? ironisa Tremer, non, plutôt amis unis par la haine de l'homme le plus puissant de Tabriz, Sa'ad al-Daula. Et maintenant, lâche-nous, toi dont le plus grave défaut est peut-être la crédulité.

Qu'ils l'eussent accusé de crédulité avait tout d'abord mis le Vénitien en fureur, puis il s'était dit qu'il leur ferait payer tôt ou tard leur insolence et qu'il les obligerait aujourd'hui ou demain à avouer la raison de leur hostilité envers ce fameux Sa'ad al-Daula.

Sur les dalles de ce qui avait été naguère des bains, des branches et des traînées de cendre formaient un étrange dessin. Montefoschi leur accorda une signification et les interpréta comme les aruspices interprètent les entrailles du taureau. D'un fouillis de traits, il dégagea son avenir. Il y vit un astre qui, par une dérive brutale de son orbite, produirait une catastrophe. A Venise, il avait une fois repéré dans le ciel une comète qui se heurtait à d'invisibles obstacles. Brusquement, elle s'était détachée de la voûte céleste pour sombrer enfin dans la mer. Ce fut à cette époque très précisément que les Génois coulèrent de nombreux navires de la République. Leur victoire annonçait le déclin de celle-ci, comme l'avait assurément prédit la chute d'un astre. De même qu'il en avait été pour Venise, de même il en adviendrait pour lui. Tout le laissait croire : les courbes feuillues sur ce sol très sale, ainsi que les ruines qui l'environnaient. Balkh était le miroir de sa fin.

La litière avait été placée à l'écart du campement. Ainsi en avait-il décidé, car, las de dormir seul, le Vénitien avait projeté de rejoindre Hovsep au cours de cette première nuit à Balkh, mais loin des regards. La nuit était venue et Montefoschi souleva le rideau : la litière était vide. De Hovsep ne subsistait qu'une odeur de cire rance et d'urine que Montefoschi aima car elle lui rappelait un être tout entier en son pouvoir, même si elle signifiait maintenant l'absence – mais il ne voulait pas en convenir. Alors, il se hissa dans la litière, se laissa tomber parmi les coussins et eut à la fois l'impression de s'envaser et d'étreindre le souvenir d'un corps. Bien que ses mains eussent à caresser la houppelande de laine dans laquelle il enveloppait Hovsep chaque soir, l'illusion n'eut qu'un temps. Il connut la douleur causée par un abandon qu'il se refusait malgré tout à croire définitif. Il s'arracha à cette bauge où avait croupi Hovsep et sauta à bas afin d'aller à la recherche de celui pour lequel il éprouvait toujours une passion.

Les marchands dormaient. Montefoschi, lui qui n'hésitait pas autrefois à abréger pour un oui ou pour un non le sommeil de ses compagnons, hésita à les réveiller. Vartan, lui, était toujours enroulé dans son manteau, plongé dans ses rêves, indifférent à la nuit d'une ville morte. Aussi respecta-t-il la quiétude du garçon que ne concerneraient plus, pendant quelques heures, les irrationnels comportements humains. Il lui demanda pourtant s'il avait froid. Il était heureux simplement d'entendre le son de sa propre voix. Il eut tout à coup la certitude que Hovsep n'avait pas quitté Balkh. La litière poudrée d'un bleu profond l'aimantait. Il y retourna. C'était là qu'il devait l'attendre.

Mais Montefoschi, perdant patience, tailla da les coussins. Il eut alors le gros rire franc des ripailleurs, puis il s'enfouit dans le duvet. Mains croisées sur la poitrine, paupières closes, souffle régulier, il ressemblait à Hovsep figé et inconscient, sourd aux murmures du désert, aveugle aux flammes casquant des hommes en marche. Pareil à lui maintenant, il était l'ours hibernant au fond de sa grotte.

Dans Balkh pullulaient le scorpion et le coléoptère, le rat et le lapin, la vipère et le rapace. Sur ses pavés, au bas des colonnes tronquées, dans toutes les anfractuosités de la pierre, des espèces animales, dès le coucher du soleil, étaient en chasse, s'épiaient, s'égorgeaient, couinaient, râlaient, s'accouplaient. Des guerriers minuscules harcelaient le rongeur agonisant. Des cris se répercutaient aux quatre coins de la ville ; cris de panique ou de ralliement, cris d'assouvissement et de fureur. C'est dans un silence limé par ces cris, que Hovsep errait. Il trébuchait souvent, ses genoux et ses paumes saignaient, rampant sur un chaos de ruines.

Il avait le désir de tuer, mais ses mains n'étaient plus de celles qui étranglent et les muscles de ses cuisses s'étaient rouillés lors de son immobilité prolongée. Bientôt, espérait-il, il serait de nouveau en possession de ses forces. Alors, il en serait fini de Montefoschi.

Ivre de nuit, il glapissait des injures à la lune et aux étoiles. Leur prévisible apparition quotidienne le ramenait à une existence trop tôt achevée. Il débaptisa la Grande Ourse et lui donna le nom d'Arnaud de Roanne, car il voyait dans la disposition des astres les contours d'un corps. Il se coucha sur la terre et fixa le scintillement céleste.

A l'aube, Tremer perçut un piétinement insolite. Croyant à des voleurs, il sonnait l'alarme quand il vit un homme qui dessanglait des ballots. C'est alors qu'il reconnut Hovsep. Tout autour de lui, le vin coulait d'outres renversées, viandes et fruits séchés étaient répandus sur le sable. On avait conchié une pièce de soie, déchiré des cotonnades.

Les soldats, sur ordre de Tremer, s'emparèrent de Hovsep, l'attachèrent à un pieu et commencèrent à le rosser. Les caravaniers s'étaient joints à eux et frappaient. Leurs exclamations de fureur avaient réveillé Montefoschi. C'est vers un visage tuméfié qu'il avança. Les hommes se calmèrent à sa vue et confièrent Hovsep à sa justice. Un Armémien, pourtant, osa proposer que les mains de ce dément fussent tranchées. Montefoschi était partagé entre la joie de le revoir et l'obligation de châtier cet insensé dont l'acte de vandalisme avait sérieusement réduit les vivres de la caravane. Il eut pourtant des paroles malheureuses en relativisant la perte des tissus, et les deniers qu'il proposa en dédommagement n'apaisèrent guère les victimes du préjudice. Le mécontentement redoubla. Montefoschi ne pouvait éviter la punition. Mais avant de condamner Hovsep à un quelconque supplice, il en conta l'histoire. Des ballades, au siècle suivant, en reprendraient la trame. *La Cantilène du voleur* et *La plainte de l'Efflanqué* seraient entonnées par les hobereaux comme par les paysans et les vagabonds. Tout en assemblant les éléments d'une vie, Montefoschi arrachait les vêtements de l'homme. Il en était au jugement qui avait eu lieu à Ayas, quand il acheva le déshabillage. La mutilation était maintenant visible à tous. La colère des marchands tomba soudain et la gêne s'installa. On se dispersa sans un mot, mais en se promettant d'égorger Hovsep si par hasard il renouvelait ses folies.

Vartan trancha la corde qui sciait les bras de l'accusé et Montefoschi couvrit de hardes la nudité de l'humilié. Celui-ci fut placé ensuite sur un âne et Montefoschi cingla la croupe de l'animal. La monture et son cavalier ne furent bientôt à l'horizon qu'une maigre fumerolle de poussière.

XXI

La caravane prit la direction du nord-est.

Les voyageurs avaient été soulagés de ne pas bivouaquer plus de trois jours aux portes de Balkh. La ville noircie par le feu leur faisait l'effet d'un spectre qui influait sombrement sur leurs pensées. Ils avaient été impatients de quitter un lieu où les gestes compulsifs et les mots ardents de Montefoschi avaient mortifié un homme en dévoilant son secret. Ils s'attendaient tôt ou tard à ce que le Vénitien divulguât certains de leurs méfaits, car ils avaient poignardé le témoin de transactions douteuses, calomnié un parent pour ruiner sa réputation et récupérer sa clientèle, perforé l'intestin d'un jeune garçon en lui enfonçant le manche d'une houe dans le cul. Parmi eux, il en était qui exécraient le ciel et les anges. Ils avaient tous la crainte que Montefoschi sût leurs fautes les plus condamnables. Une intuition les retenait de vouloir prévenir ses révélations en se hasardant à l'accuser de sodomie, de meurtre et de blasphème : ils suspectaient l'homme d'avoir commerce avec des démons contre le pouvoir desquels ils étaient impuissants.

Peu après la cité de Khanabad, la caravane croisa des guerriers enturbannés, puis des chasseurs dont les molosses harcelaient un porc-épic sur fond de montagnes de sel, grises comme si une lumière blafarde les enveloppait à toute heure. Mais ces rencontres et ce paysage monotone furent oubliés lorsqu'à la sortie d'une passe apparut un tarpan monté par Hovsep. Le cavalier galopait à distance et en parallèle de la caravane, et pas une seule fois il ne tenta de s'en rapprocher. Mais l'on pouvait entendre dans la nuit son cheval qui piaffait et caracolait sans fin.

Dès que Hovsep avait surgi, Montefoschi s'était tassé sur sa selle et mis à gémir. Comme l'Arménien au chevet d'Arnaud de Roanne, il avait entonné une douloureuse mélopée qui était un appel et une supplication. Il appelait le glaive sur lui et suppliait le proscrit et les esprits des plaines et des plateaux d'interrompre définitivement cette marche devenue absurde depuis qu'il avait connu la trahison amoureuse. Et n'était-ce pas la pire chose, pensait-il, que de vouloir humilier l'être aimé et d'y parvenir ? Alors n'était-il pas juste de recevoir le coup fatal de la main même de l'humilié ?

Un des derniers soirs d'octobre, on eut l'impression que la terre tremblait sous les sabots d'un troupeau de mille têtes. Dans le lointain, le cheval de Hovsep hennissait et Hovsep poussait le hurlement des rabatteurs mongols. Soudain, la plaine retentit d'un long bêlement rauque. De grands béliers blancs aux cornes torsadées déferlèrent sur la plaine d'herbe haute. Ils formaient une large frise qui déchirait les vapeurs de la nuit. Leur poitrail et leurs flancs se maculaient de boue et d'herbes broyées soulevées à leur intempestif passage. Hovsep était partout à la fois. Il les dirigeait vers le campement comme les rabatteurs une harde de cerfs. En une infernale ruée, les moutons sauvages renversèrent les tentes et prirent en étau hommes et bêtes de somme. Des cornes fouaillaient le ventre des chameaux. Les hommes gesticulaient, tentaient de se protéger en courant se mettre à l'abri de l'assaut mortel derrière quelques rochers. Tous, en cet instant, auraient aimé être pierre. Les feux se creusaient sous le poids d'une machine de guerre blatérante. Les cendres s'éparpillaient. L'air sentait la toison et la corne roussies. Puis la masse ovine accomplit une folle giration. Ce mouvement ne laissa pas une perche debout. Le sol se changea en une glaise sale. Et soudain, le troupeau fou abandonna le campement et poursuivit sa course dans les ténèbres.

A l'aube, la consternation régnait parmi les caravaniers au regard encore plein d'effroi. Huit d'entre eux avaient été étripés. On les enterra dans une terre bouleversée. Ce fut Vartan qui célébra l'office funèbre. Il psalmodia des versets, ayant retrouvé les mots qu'il prononçait à Sguevra. Sa voix était celle du berger environné de loups qui demande aide à son dieu. Le matin, on partit dans la plaine à la recherche des chevaux et des chameaux qui s'étaient désentravés et enfuis.

La foudroyante horde des moutons sauvages avait arraché Montefoschi à ses gémissements. Il avait frappé du sabre plusieurs de ces furies et ses hurlements de rage avaient été entendus de ses compagnons de route malgré le vacarme. Mais les bêtes ayant fondu dans la nuit, ses mains avaient lâché aussitôt l'arme et ses yeux avaient scruté l'obscurité souveraine : Hovsep était invisible. Depuis, Montefoschi restait indifférent aux cris des blessés, au râle des animaux, aux braillements de ceux qui avaient échappé aux sabots et aux cornes.

La colère des marchands était à son comble : les dégâts matériels se révélaient importants. Ils incriminaient Montefoschi d'être l'auteur de leurs malheurs. Leur désespoir était tel qu'ils se moquaient maintenant d'affronter un homme qu'une cohorte de diables servait. Malgré l'intercession de Vartan, ils l'empoignèrent, le fouettèrent et lui promirent le châtiment qu'avait subi Hovsep en Cilicie. Ils jurèrent de partir à la chasse à l'homme, de ramener vivant l'ami des béliers et d'obliger le Vénitien à l'égorger. Mais trois aigles tournoyaient dans le ciel, trois aigles qui descendirent lentement vers le groupe vociférant des caravaniers et, de leurs ailes, le dispersèrent. Les rapaces se posèrent près de Montefoschi. Ils n'étaient pas belliqueux : calmement ils s'épouillaient. Puis ils se couchèrent sur leur protégé, prenant l'immobilité des oiseaux morts. Le silence des pierres, le souffle du vent et le mutisme des hommes se répondaient. Soudain, les aigles tressaillirent, se redressèrent et dans un même élan s'envolèrent. Sous le palpitant manteau de plumes, Montefoschi avait senti son corps reprendre vigueur et son cœur avait battu au rythme de celui des bêtes. Il se releva et, quand il fut debout, il ne se souvenait plus ni de la fureur des marchands ni de la triade ailée. Il s'étonnait seulement des marques que le fouet avait laissées sur sa peau et de la vénération ou de la peur qui se lisait dans les regards.

Avec solennité, les Jumeaux de Tabriz distribuèrent aux marchands dirhams et tacolins puisés dans le coffre de Montefoschi. L'homme n'était plus ce sorcier qui, croyaient-ils, s'accouplait avec des incubes, mais au contraire était devenu quasiment un saint. Un miracle l'avait auréolé de prestige. Sa prodigalité, qu'il avait déjà exercée à leur égard, les confondait enfin. Ils l'en remerciaient, le révéraient, se prosternaient. Mais Le Vénitien ne les bénit pas, leur manifestant bizarrement une sorte d'indifférence hautaine, ne semblant se préoccuper que de ses plaies qu'il demanda à Vartan de soigner. Lequel en profita pour l'avertir que le coffre était presque vide, que la misère les guettait, que son pécule joint au sien ne suffirait pas aux dépenses d'un long voyage. Cette absurde imprévoyance devenait inquiétante. Mais il ne paraissait avoir cure des mises en garde et des suppliques de Vartan – qui, il est vrai, était tout au fond de lui touché par l'inconséquence de cet homme qui se démarquait de ses pairs et manifestait là une liberté d'être bien respectable. Aussi, songeant de plus au prodigieux épisode des aigles, le moine se décida – après l'avoir alarmé – à le tranquilliser, l'assurant dans un élan d'affection que la pauvreté jamais ne saurait l'effrayer : mieux, même, il irait jusqu'à mendier.

Mais Montefoschi avait l'esprit ailleurs et tendait l'oreille à d'autres menaces. Hovsep se rapprochait. Et en effet, Hovsep à cheval était là, tout proche dans la plaine, à une centaine de mètres du campement dévasté. Les marchands avisés se précipitèrent alors vers les étalons et les enfourchèrent. Regardez-le qui nous nargue ! cria l'un d'eux. Il ne nous échappera pas, celui qui ensorcelle des béliers et veut notre mort ! Hovsep aussitôt talonna son cheval et entraîna ses poursuivants vers un horizon de brumes épaisses. Et les marchands ne furent pas les justiciers qu'ils avaient espéré être. Ils errèrent dans le brouillard et pataugèrent dans des marais. L'un d'eux s'y enlisa. Dans cette poix, quelle chance avait-on de l'apercevoir ? Il appela à l'aide, puis finit par se taire. Le soleil éclaira enfin un terrain d'où reculaient de lourdes vapeurs. Pour s'éviter la même mort que celle de leur compagnon, les cavaliers renoncèrent à avancer plus avant sur l'étendue d'eau morte. Bredouilles et transis, ils regagnèrent le campement puis reprirent la route qui devait les conduire à Taloqan.

XXII

A Taloqan, les étoffes qui avaient été sauvées du furieux piétinement des béliers furent vendues jusqu'à leur dernière toise. Avec l'argent, on acheta des rubis. Et puis on voulut repartir, mais Montefoschi fit reporter à trois mois le départ.

Le Vénitien ignora tout de la ville. Prostré de longues heures, il pouvait ensuite s'abîmer dans des accès de fureur. Pourtant il semblait parfois vouloir revenir à des états moins extrêmes, mais ce n'était qu'une illusion. Il tourmentait tout à coup Vartan et les Jumeaux par ses exigences et abusait de leur fidélité, de leur obéissance, de leur sollicitude à son égard en les obligeant à courir sans trêve dans les rues d'une ville qui, il en était certain, leur livrerait tôt ou tard Hovsep. Son indomptable impatience ne le trompait pas : l'homme se faufilait bien parmi les badauds. Vartan et les Jumeaux crurent l'apercevoir sur une place, au milieu d'une basse-cour, à la fenêtre d'une demeure. Ils le devinaient sans cesse sur leur chemin, mais dès qu'ils pensaient le confondre, l'autre s'éclipsait. Tantôt il arborait une sorte de turban, tantôt un chapeau de feutre conique, tantôt il allait nu-tête. Un jour, on se disait qu'il avait forci, un autre, que ses traits s'étaient singulièrement émaciés. Vartan comme les Jumeaux finissaient par douter de l'avoir reconnu. L'ayant repéré à une croisée, ils forcèrent la porte d'un appartement pour se retrouver dans une pièce vide.

Un soir, Montefoschi reçut la visite d'une ombre. Elle le dénuda, il ne résista pas à ses caresses. L'ombre naviguait inlassablement sur son ventre et entre ses cuisses. Elle léchait son cou et son torse, baisait ses lèvres, ronronnait, le mettait en croix, roulait contre ses flancs et reprenait sa sensuelle exploration. Elle interrompit subitement ses frôlements et ses étreintes, glissa hors du lit et, ricanante et véloce, l'abandonna. Le lendemain matin, l'ombre avait pour messager un enfant qui récita à Montefoschi sa dépêche : elle lui donnait rendez-vous dans un mois, jour pour jour, à la sortie de Taloqan, sur la route d'Ishkashem, ultime étape avant le Pamir. Ce même matin, notre homme ressemblait au Vénitien d'autrefois, acerbe, équivoque et sans pitié, jouant de son charme d'ambassadeur – un ambassadeur dont les projets avaient su être applaudis par un roi –, et ce charme convainquit Tremer et Jérémie que le Pamir ne leur serait pas fatal s'ils le traversaient en février. Devant Vartan, qui s'inquiétait de nouveau de l'appauvrissement de leurs finances, il eut l'air entendu en palpant sa ceinture et en montrant du regard ses chausses : elles contenaient l'or qui leur éviterait la banqueroute avant longtemps. Enfin, il entrouvrit son manteau : sur sa poitrine, les tablettes de Kubilaï montées en pectoral étincelaient.

Seize hommes seulement composaient désormais la caravane. Car nombre d'entre eux avaient été rétifs à la séduction de Montefoschi. Comme d'autre part ils n'auguraient rien de bon des neiges du Pamir, la sagesse leur avait conseillé de remettre à plus tard une traversée qui ne pouvait être que dangereuse en cette saison. Après avoir acquiescé à la volonté du Vénitien, Tremer avait commencé à douter de la réussite de l'entreprise. Mais bien qu'il la désapprouvât, il ne s'y opposa pas. Étrangement, il prévoyait le pire et se surprit à imaginer calmement quelle serait sa mort.

Hovsep fut au rendez-vous. D'un ciel bas, la pluie tombait fine et serrée. Dès qu'il l'aperçut, Montefoschi écarta les pans de sa pelisse pour lui montrer le pectoral et l'inviter à renouer avec leurs ambitions et leurs rêves. L'autre se tenait à son habituelle distance de la caravane. Comme il ne semblait pas vouloir réagir à la muette invitation, Montefoschi pressa les flancs de sa monture pour le rejoindre. C'était sans compter sur Vartan et Jérémie qui lui barrèrent spontanément le chemin. De la cravache, il tenta de les écarter. Il y eut alors mêlée. La cravache lui ayant échappé, il utilisa ses poings. Il gesticulait plus qu'il ne frappait. Vartan et Jérémie ripostaient par des objurgations. Jérémie eut un cri lorsque Montefoschi dégaina un poignard. Il poussa brusquement son cheval contre celui de Vartan pour laisser le passage libre au Vénitien. Mais celui-ci n'eut pas le temps de dévaler la légère pente qui l'aurait rapproché de Hovsep, car un quatrième cavalier avait fait irruption. Tremer avait basculé son corps sur le côté de son cheval et se retenait d'une main au troussequin de la selle. De sa main libre, il parvint à faire glisser le pied de Montefoschi hors de l'étrier, releva la jambe qui pendait et réussit ainsi à le désarçonner.

Maintenant, le Vénitien gisait dans la boue, mais cette fois-ci aucun aigle ne tournoyait dans le ciel. Des voix, autour de lui, encourageaient à tuer. Il crut qu'il serait la victime. C'est alors qu'il entendit Hovsep hurler de douleur. D'une flèche, un soldat l'avait atteint à l'épaule. Quelques secondes plus tard, une seconde flèche le frappait au flanc. Un Persan empêcha qu'on le poursuivît : l'agonie serait longue, que désirait-on de plus ?

Hovsep survécut deux jours à ses blessures. Il accompagnait toujours la caravane, mais la distance entre elle et lui grandissait. Le cheval boitait, comme sous le poids d'une charge trop lourde. Comme pour lui donner courage, le blessé se penchait de temps à autre vers l'encolure et l'entourait de ses bras, l'enserrait dans une étreinte. Du sang poissait en une seule tache les vêtements, empourprait une croupe, un poitrail, une crinière, le garrot d'un beau destrier. A tout instant, l'homme et la bête risquaient par faiblesse de chanceler et de glisser à terre. Le cheval renâclait parfois à avancer. Alors, de la flèche arrachée à la rondeur de son épaule, le cavalier l'aiguillonnait. Et lui et sa monture ne faisaient plus qu'un.

Une nuit à l'amère saveur d'éternité, Hovsep appliqua sur ses plaies un emplâtre d'herbes mâchées. Le sang cailla sous cette chapelure. Enfin la gangrène qui guettait se déclara. Pendant qu'il préparait sa médecine, il avait oublié la vengeance qui l'obsédait depuis Tabriz. Il se souvenait uniquement d'Arnaud.

Et puis, ce fut l'aube. Le cheval buta contre un bois mort, refusa de continuer sa lente course et s'agenouilla pour rouler ensuite de côté. Il frémit et se raidit. Un tournoiement de tiercelets se dessina dans le ciel. Hovsep se rappela une volière, un affolement d'oiseaux, un bassin, le regard soudain amical d'Arnaud, la naissance d'une amitié dans une ville où se mouraient des hommes. Alors, il s'endormit en fixant le timide soleil naissant que masqua brusquement une myriade d'ailes sombres. La vie se retira de lui et, avec elle, emporta la présence de l'amour. Des serres s'arrimèrent à sa dépouille et des becs déchirèrent ce qui avait été visage, corps et souffrance.

LE ROMAN DE VARTAN

XXIII

Désormais, Montefoschi exposa librement par ses comportements les deux versants de sa personne : d'un côté, le parleur retors, d'une cautèle toute serviable, affable avec ses compagnons de route, affectionné avec les Jumeaux, jouant avec efficacité de son remarquable entregent, surveillait les préparatifs de la traversée du Pamir; de l'autre, l'homme intime, en mal d'amour, solitaire et meurtri, hanté par l'image du corps de Hovsep rougi de sang, fuyait caravane et caravaniers pour se rencogner dans une claustration que seul Vartan semblait en droit de forcer.

A Ishkashem, il rédigea un testament au bénéfice de son protégé. Une clause réservait quelques broutilles mobilières à des membres de sa famille, dont il se souvenait vaguement car ils avaient été amicaux envers lui au cours de son adolescence. L'assurant qu'il le considérait comme un fils, il remit à Vartan le parchemin – auquel celui-ci accorda peu d'intérêt : il était jeune, libre de tout désir de possession, hormis celui de saisir les couleurs du monde. Le geste du Vénitien lui apparaissait théâtral, l'acte d'un esprit faible et troublé. Mais par respect pour l'homme, il accepta le rôle qu'on venait de lui attribuer.

Montefoschi le voulait maintenant à toute heure du jour à ses côtés et Vartan s'y soumit. Il l'enlaçait avec familiarité et lui baisait le front au moment de se séparer pour la nuit. Il était ridicule, extravagant et sentimental. Cela ne faisait nul doute pour Vartan que cette encombrante affection était superficielle – en dépit de quoi elle pourrait s'afficher de longues années durant. Mais la présence de l'homme ne lui pesait guère : toutes ses pensées étaient tendues vers le Pamir, un univers de glace et de vent. Il se voulait prêt à vaincre l'hostilité d'un désert de neige, certain qu'un esprit fort se doit d'apprendre à affronter ce qui en priorité l'effraie. Or, l'effrayait en pensée l'engourdissement que doit créer en l'homme le froid, le désert minéral. Il voulait apprendre à surmonter la stupeur des sens, aiguiser sa sensibilité à la froide pureté du désert. Il laissa à Ishkashem le souvenir d'un garçon enjoué, fringant, dévoré d'impatience.

Les yacks s'étaient ajoutés à la colonne de chevaux trapus autant que robustes et de chameaux laineux. Les voyageurs durent s'ensevelir sous trois pelisses doublées de fourrure et chausser des bottes en peau de loup. Les gestes entravés par une telle superposition de vêtements, ils eurent de la peine à se hisser sur leurs montures. Le départ d'Ishkashem se fit dans un silence absolu, car les hommes savaient que commençait pour eux le temps des épreuves. Et pourtant, ils espéraient que Montefoschi saurait les guider jusqu'à Pékin et cette cour impériale que l'on disait incomparable, qu'il ferait preuve aussi de la ruse et de l'intelligence dont il avait usé à bon escient pour écarter de leur chemin les brigands. Par son goût de vaincre, ne les avait-il pas aidés à surmonter la soif et la faim ? Ils lui vouaient une grande confiance, convenant toutefois entre eux que la mort de Hovsep avait quelque peu brisé ses forces. Dans son regard, ils surprenaient parfois l'égarement.

Les sommets se couronnaient d'une écume blanche et menaçante ; nuages et neige s'épousaient. Un monde lunaire sous un ciel couleur de fumée. Quand on aborda le premier col, les oiseaux disparurent. On s'habitua peu à peu à la caillasse et à la neige.

Le troisième jour se signala par un froid très intense. Du sang s'écoulait du mufle des bêtes et gelait aussitôt. Les hommes aussi étaient sujets à ces saignements qu'ils tentaient d'arrêter en appliquant contre leur visage un linge. Et quand ils se regardaient les uns les autres, ils se reconnaissaient à peine.

De petites plaies brunâtres apparurent sur les corps des chameaux. Les mêmes s'ouvrirent sur le cou, le visage et les mains de Tremer. Quand il réchauffa le soir ses mains au feu, l'on vit une humeur en suinter. Personne ne souffrait autant que lui du froid. L'hiver logeait en lui et son corps semblait se fossiliser. De ses ongles qui avaient poussé démesurément, il grattait avec frénésie ses plaies. Cette occupation atténuait un temps la sensation de gel. Mais toute cette glace à l'intérieur de lui l'alourdissait soudain et la mort lui apparaissait familière. Jérémie, heureusement, n'était jamais loin.

La caravane franchit deux larges rivières à l'air de banquise. Tremer avait affirmé que la glace résisterait. Il ne s'était pas trompé : on perçut vaguement le roulement fou des eaux sous la verte et très épaisse étendue opaque. Depuis que le froid avait envahi Tremer, celui-ci s'entretenait rarement avec son frère. Plus de ces chuchotements, de ces murmures, de ces petits rires de connivence qui exaspéraient tant Montefoschi. Celui-ci du reste remarqua que, privé de ces conciliabules à voix basse, Jérémie assurait mal son rôle de guide. Était-il même, se demandait-il, l'homme sûr dont Sa'ad al-Daula lui avait vanté les mérites ? Mais alors, qui était-il ? Ému par la fervente sollicitude que le garçon portait à Tremer, Montefoschi ne chercha pas même une réponse.

Jérémie jappait des ordres contradictoires. On les avait reçus tout d'abord avec étonnement, puis avec méfiance, enfin on s'alarma de leur incohérence. Montefoschi ramena le calme parmi les hommes en leur conseillant de toujours aller vers l'Est, car par là était la Chine et donc tôt ou tard le Pamir finirait.

Les voyageurs s'arc-boutaient pour lutter contre les éléments. La neige tombait continuellement depuis trois jours et trois nuits. Sous sa tente, au soir, Montefoschi, maniaque et absent, fourbissait sans nécessité son poignard : la région avait la réputation d'être épargnée par les bandes de voleurs. Sur la route, on ne croisait d'ailleurs jamais âme qui vive. Vartan le distrayait en lui relatant des épisodes de la vie d'Alexandre le Grand. Alors il levait les yeux et lui demandait si à l'exemple de cet empereur ils parviendraient sains et saufs sur des terres plus clémentes. Et pourquoi, mon Dieu, vous ai-je, toi et les autres, décidés à me suivre en hiver dans un voyage que pèlerins et soldats ont toujours considéré comme une folie ? Vartan le rassurait. La neige aujourd'hui succède à la neige, affirmait-il, mais demain il se peut qu'elle cède la place à des prairies. Et même si cela n'est pas, je sais que vous et moi nous serons plus forts que les vents, plus forts que le froid, plus forts que cette neige qui menace de nous ensevelir à tout instant. Nous serons, je vous le jure, ce que nous devons être : deux hommes qui entreront sereins dans Pékin. Qu'est-ce que le Pamir ? Un très long rêve douloureux, rien de plus.

Une lueur s'étirait paresseusement dans le ciel. Il était tôt. Montefoschi, comme il en avait parfois l'habitude, se déplaçait entre les bêtes entravées et les hommes endormis. Il aimait à profiter de l'aube pour inventorier calmement les vivres et vérifier si nulle maladie ne s'était déclarée pendant la nuit parmi les animaux. Ce matin-là, il découvrit deux cadavres de chevaux. Ces premières victimes de l'épuisement et du froid seraient suivies de bien d'autres. Il le savait. Mais en s'approchant, il remarqua du sang au cou et à la croupe de l'un d'eux.

C'est alors qu'il vit sur la neige l'empreinte du loup. Désormais, en plus du froid et de l'épuisement, il faudrait affronter cela. Et bien que la veille Vartan lui eût insufflé de l'espoir, Montefoschi n'augurait rien de bon de l'avenir. Lorsqu'il les en avertit, les plus couards d'entre eux commencèrent à douter vraiment de jamais sortir vivants du Pamir.

La caravane s'engageait par des passes si étroites qu'il fut nécessaire de délester yacks et chameaux. C'étaient alors les hommes qui portaient les charges sur leur dos. Abrutis de fatigue et de découragement, ils avaient la tête vide, dépourvue de la moindre mémoire – une enfance laborieuse, une femme aimée, une affaire conclue à son avantage, un jardin et ses fontaines, des ripailles ou affrontements entre corporations. Chacun était un désert.

Le ciel s'assombrissait et la neige s'épaississait. Un interprète et un soldat s'effondrèrent à la sortie d'une passe particulièrement difficile. Le cœur avait lâché. On ne les ensevelit pas. On marchait droit devant soi, c'était tout. Se retourner et s'émouvoir étaient perte de temps, d'autant que l'on devinait les loups très près. Et chaque jour voyait un cheval, parfois plusieurs, s'affaisser sur le sol et mourir. Montefoschi se disait qu'à ce rythme il n'en resterait plus un seul dans moins d'une semaine.

Un Tourangeau disparut dans une crevasse. Un matin, deux marchands manquaient à l'appel : leurs traces indiquaient qu'ils avaient repris le chemin d'Ishkashem. Un mirage serait peut-être l'ultime halte de leur voyage. Montefoschi dispensait des paroles de réconfort à ceux qui étaient trop las et en proie à la terreur. Mais le vent soufflait et les bonnes paroles ne parvenaient que par bribes aux désespérés.

Pour ces onze hommes hagards qui bravaient les éléments, le Pamir fut aussi la terre sur laquelle on oublia les jalousies, les ressentiments, les haines. On se réchauffait l'un à l'autre. On se terrait dans l'ombre d'un compagnon d'infortune. On se nourrissait de la même viande et des mêmes fruits secs. On avait les reins usés par la marche quotidienne et des nausées, des crampes d'estomac. Chacun comprenait ce que l'autre ressentait. A la nuit, on s'entraidait pour creuser la neige au couteau, puis on s'entassait dans un trou comme dans un terrier.

La neige soudain tomba moins drue. Mais le froid s'intensifia. Comme l'avait prévu Montefoschi, tous les chevaux avaient fini par mourir. Les loups – Vartan en dénombra en tout une vingtaine – se disputaient les carcasses, s'enhardissant parfois à rôder jusqu'aux arrois. Un matin, ils égorgèrent trois yacks. Les hommes s'emparèrent de leurs arcs et les flèches se fichèrent dans la neige à moins d'un mètre des loups, dressant une risible barrière. Un second jet de flèches doubla la tremblante haie constituée par les premières. Les loups n'avaient pas reculé. Un bref instant, le silence fut à peine troublé par le souffle rauque des archers que la réverbération de la neige aveuglait, puis les loups jouèrent à coucher les flèches sur le sol. Le jeu dura. Les loups se débandèrent quand une troisième volée de flèches siffla dans l'air. Tandis que des cris de victoire retentissaient, Tremer se mourait.

Couché dans un creux peu profond, Tremer, par le poids de son corps de glace, s'enfonçait dans la neige. Il aurait été hasardeux de vouloir le redresser, car ses membres aussitôt se seraient disloqués et brisés. L'ancien guide, réduit à une douleur purement physique, n'éprouvait plus aucune émotion. Lorsque Jérémie le soulevait dans ses bras, il était comme un marbre qui se fendrait sous l'action du gel. Tremer ne reconnaissait plus son ami, son frère, et maudissait un ennemi qui le molestait. Il mourut après six heures d'une étrange agonie. Dès son dernier soupir, le ciel, la blancheur du monde, les hommes et les bêtes, les morts et les vivants cessèrent de se refléter dans les yeux de Jérémie. Celui-ci se livra alors à des actes scandaleux. De sa manche, il avait sorti un coutelas avec lequel il extirpa de leur cavité les globes oculaires de Tremer qu'il déposa dans un baguier. Il mit ensuite nu son ami et s'habilla de ses vêtements. Il enfonça sur sa tête le bonnet de fourrure et se couvrit de la pelisse de renard et de la pelisse de laine, roula ensuite en un improbable polochon les autres défroques et les maintint contre son ventre avec une corde qu'il noua autour de sa taille. Après avoir examiné la paire de bottes, il la jugea plus usée que la sienne et la dédaigna. Engoncé ainsi, il avait tout d'un ogre impassible et grotesque.

Le Vénitien avait interdit de monter les yacks pour éviter de les fatiguer, car, disait-il, un yack épuisé excite les loups. Mais Jérémie négligea cet ordre. A l'étonnement des marchands, Montefoschi ne releva pas cette désobéissance, et il excusa son indulgence en confiant à Vartan qu'il avait pitié du garçon : il était au-dessus de ses forces dorénavant de condamner quiconque s'enfonce dans le désespoir.

L'horreur ressentie à l'énucléation de Tremer réveilla chez les voyageurs une haine ancestrale. D'insanes légendes courant sur le peuple de Jérémie, où cruauté et rapacité sont les thèmes, fleurirent de nouveau dans leurs rares conversations.

Il n'y eut pas de prière, il n'y eut pas de sermon. On tassa simplement une neige fraîche sur le corps. Et l'on reprit la route.

Les marchands se rangèrent derrière Montefoschi et Vartan, troupe dépenaillée et morne, dernier vestige d'une armée.

Le silence était l'unique compagnon de ces hommes à l'armure de glace. La neige étincelait et le ciel était gris. La sueur mouillait le linge, puis brûlait la peau avant de donner l'impression d'une pluie froide sur le corps.

Entre deux chaînes de montagnes, de petits lacs noirs apparurent, luisants comme un pelage ras. Ces langues d'ébène s'argentaient à la nuit.

Le soleil était invisible. Il n'appartient peut-être qu'à la Perse, à l'Italie, à l'Égypte, aux terres dont on s'est détourné, voulut justifier Montefoschi. Mais Vartan répliqua que le soleil toujours revenait.

Nulle empreinte ni déjection animale, nulle ruine d'un village, nulle autre caravane en perdition – rien qu'un ciel de granit, une neige infinie et des hauteurs de pierre. L'enfer était-il pareil à ce paysage ? L'antre rouge de flammes représenté par les peintres et décrit dans les textes sacrés n'était-il qu'une fable ? Voici les questions que se posaient les deux hommes. Mais quel dieu ou quel diable pourrait régner sur ces plateaux et ces murailles ? Peut-être était-on parvenu dans un enfer inconnu où ni passé ni avenir n'avaient de sens. Une malédiction imposait de vivre dans ce présent de vent et de rocs. Et il n'y avait pas de route.

Deux soldats de Héthoum s'évanouirent et la mort les frappa dans cet état d'inconscience. Le dix-neuvième jour de marche, la caravane ne comptait plus que huit survivants, huit automates que des hémorragies affaiblissaient. Et les soirs, ils avaient peine à se réchauffer à un maigre feu, car le bois sec manquait. Plus le froid tourmentait ces hommes, plus leur épuisement était visible, plus la détresse s'ancrait en eux et plus Vartan acceptait avec une joie profonde cette traversée du Pamir. La folie de Montefoschi l'avait conduit là où il devait être, là où il apprenait à ne pas s'abandonner à l'accablement, à la peur, à l'insensibilité, là où il devenait autre.

Un marchand, qui s'était réfugié pour la nuit dans une grotte, fut dévoré par des rats : Vartan s'émut d'une mort si atroce et à la fois se réjouit qu'une faune prospérât à des sommets qu'il pensait vierges de toute présence animale, depuis que les loups, il y avait déjà plusieurs jours, ne suivaient plus la caravane. Les rats étaient-ils les uniques habitants de cette partie du Pamir ? Vartan scrutait les rochers et les précipices pour y découvrir l'ours ou le charognard. Mais il était le seul à nourrir cet espoir. Montefoschi, quant à lui, aspirait pour la première fois de sa vie à un avenir sédentaire, entre le chaudron, le lit et le bétail. C'est qu'il se laissait aller, tout comme Vartan, à croire qu'il était possible d'échapper à l'inhumaine stérilité du Pamir, à ses glaciers, ses monstrueux éboulis et à l'implacable permanence de son silence.

Un après-midi, le ciel bleuit timidement et le soleil brilla. Il fit presque chaud. Mais ce changement n'était pas suffisant pour soulager de leurs maux les hommes. Un vertige saisissait les plus faibles qui se mettaient à tourner sur eux-mêmes et s'abattaient brusquement sur le sol.

Vartan écourtait volontairement ses nuits pour attendre le jour et être le premier à deviner la première lueur de l'aube et à voir la splendeur d'un paysage où miroiterait une blancheur polie par les vents. Certains matins, Montefoschi, en émergeant d'un sommeil lourd, parlait de ragoût de mouton et d'anguilles bien accommodées. Vartan le moquait pour ces désirs-là. Je crois qu'aujourd'hui nous nous contenterons de fruits secs agrémentés d'un peu de glace, ironisait-il.

Ensemble, ils quittaient leur niche de neige, ensemble ils enfouissaient leur visage dans les poils d'un yack. Du front, ils creusaient la fourrure jusqu'à ce qu'ils rencontrent la tiédeur animale. Ils restaient quelques minutes ainsi, heureux. Mais jusqu'à quand y aurait-il encore des yacks ? A chaque aube, on avait la mauvaise surprise d'en découvrir un qui était mort.

Comme les bêtes, Montefoschi humait le vent, écoutait le froissement de la neige sous les rafales, supputait des périls et évaluait les chances de s'y soustraire. Dorénavant seul guide de la caravane puisque Jérémie semblait sans Tremer à ses côtés le pire ignorant qui fût, il redoutait un printemps qui provoquerait l'avalanche. Mais il menait son monde avec l'assurance d'un ânier son troupeau sur un chemin de Castille ou d'Anjou.

Jérémie promenait un égal regard d'abruti sur son baguier, sur ses gants et sur les ravins. Au moindre écart de son yack, il glapissait en se retenant à sa toison. A chacun de ses mouvements, un linge s'échappait du ballot ligoté à sa taille. S'il arrivait qu'une pelisse glissât de ses épaules, il négligeait de la ramasser. Ainsi, il perdait peu à peu les rondeurs de l'ogre et qui l'aurait observé aurait découvert sa maigreur. Crasseux, la tignasse d'une Gorgone, les lèvres brunies par un sang coagulé, il était le frère de Hovsep, lorsque celui-ci hantait les campagnes ciliciennes.

La mort de son yack, un matin, le tira de son apathie. Il empoigna sa massive monture par les cornes et leur imprima de violentes secousses. Famélique et la mine sérieuse, il s'agrippait comme un matelot en pleine tempête à la barre de son gouvernail. Le cou du yack eut un bref craquement. Jérémie lâcha son timon et la lourde tête bovine bascula en avant. Puis il caressa le front laineux et le félicita, comme le palefrenier un cheval après une course victorieuse. Sous la masse inerte de l'animal s'écoulaient l'urine et la merde. La bête se délivrait de toute pestilence avant de se résumer à quelques os poncés par les frimas. Jérémie ouvrit le baguier : les globes oculaires, grâce à la température, avaient gardé leur douceur de pulpe, leur rondeur, leur éclat d'agathe. Les yeux de Tremer, ces deux joyaux périssables, le fascinaient. Il les sortit du baguier, les roula entre ses doigts, les baisa, les porta à sa bouche et les mangea.

C'était le soir et Montefoschi affirma que dans quatre jours la traversée du Pamir s'achèverait. Ce fut ce même soir que Jérémie le rejoignit dans son creux matelassé de neige, s'efforçant à vaincre une timidité qui revenait du fond de son enfance. Montefoschi grogna qu'il n'y avait pas de place pour trois dans leur tanière. Lui et Vartan étaient déjà fort à l'étroit pour accueillir quiconque, même le plus maigre de la troupe. Jérémie s'entêta. Malgré leurs protestations, il se glissa entre le moine et le Vénitien. A l'oreille de Montefoschi, il parla longtemps. Je suis fils de rabbin, commença-t-il. Un rabbin qui avait été l'ami intime de Sa'ad al-Daula. Lors de veillées chez l'un ou chez l'autre ou lors des offices religieux à la synagogue de Tabriz, Sa'ad al-Daula s'était intéressé à ce garçon de seize ans, secret et distant, qu'était Jérémie. L'ambition qui l'avait hissé près du trône d'Arghun, il crut la deviner également dans cet air de vouloir dominer la foule, ses pairs et les rois, qu'arborait l'adolescent. Aussi le combla-t-il de présents et l'emmena-t-il au palais de l'ilkhan. Voilà qu'il s'entichait d'un fils de rabbin. Mais à ses bontés, Jérémie répondit par une réserve qui le choqua. Pourtant, Sa'ad al-Daula s'obstina à le gratifier de dons innombrables. Il l'élut enfin son confident et conseiller. Ces deux rôles, le garçon les exerça à la faible lueur des bougies qui éclairaient une alcôve, car le ministre d'Arghun ne l'autorisait pas encore à se pavaner en sa compagnie dans les couloirs et les salles de la demeure du prince mongol. En effet, il attendait de le présenter à l'ilkhan seulement lorsque Jérémie serait dégrossi et, puisque c'était ainsi que le voyait Sa'ad al-Daula, prêt à démontrer sans timidité mais avec diplomatie devant Arghun les ressources de son intelligence et son talent à déjouer les complots. Pour l'instant, le ministre se contentait d'observer son protégé qui, à ses yeux, réincarnait sa propre jeunesse. Sous une naïveté qu'il jugeait ostentatoire, l'homme croyait détecter un désir de gloire – celui-là même qu'il avait eu, lui aussi, dès son adolescence. Dans l'intimité, il lui confia des intrigues et l'interrogea sur la manière dont il penserait les dénouer. Ce dernier avait parfois de sages suggestions, sans toutefois se départir de sa hautaine ironie. Peu à peu il se montra rétif à écouter un puissant se plaindre de ses espions et de ses proches, fulminer contre le flot des solliciteurs qui se pressaient à sa porte. Sa'ad al-Daula le châtia pour son indocilité et son inattention en lui administrant des gifles retentissantes. Ce qui n'améliora pas leurs relations. Jérémie s'entêtait à refuser de répondre aux questions de son protecteur, ne songeant qu'à retrouver la paix de la maison paternelle et qu'à être en conséquence éloigné d'un palais où tout l'ennuyait, le rebutait.

En dehors de leur rencontre quotidienne, Jérémie était libre de son temps. Il errait aux abords des écuries ou de la fauconnerie, vagabondait aussi dans les rues qui avoisinaient la demeure du khan. C'est là qu'il rencontra Tremer. Une amitié sans équivoque naquit aussitôt entre eux. Tremer lui confia qu'il était guide, et si fameux dans sa profession que Joram le banquier l'engageait souvent pour conduire certains de ses amis – des caravaniers fortunés – vers l'Est ou le Nord. Joram était l'un des hommes les plus riches de Tabriz, ce qui l'autorisait à penser que sa fortune le prédestinait à remplir un rôle important auprès d'Arghun. Mais jusqu'à présent aucune distinction ne lui avait été offerte par l'ilkhan. Joram en savait la raison : Sa'ad al-Daula n'était pas homme à partager son pouvoir avec quiconque le déconsidérait sans cesse auprès d'Arghun. Une seule solution se présentait à lui pour obtenir les honneurs et la charge auxquels il aspirait, c'était d'entraîner par n'importe quel moyen la chute de son ennemi. Il travaillait à cela en intriguant, en faisant répandre dans le peuple les pires accusations contre Sa'ad al-Daula dont il fomentait l'assassinat. Voici ce qu'apprit Jérémie de la bouche même de Tremer qui soutenait d'ailleurs Joram, car l'arrogance et la vanité du ministre l'insupportaient. Il leur préférait la jovialité et la truculence de celui qu'il appelait son seigneur.

Il se trouva que Sa'ad al-Daula avait à sa solde bon nombre d'espions. Ce furent eux qui lui dévoilèrent la conspiration. Le nom de Tremer fut cité parmi ceux des conjurés. Ses rencontres quotidiennes avec Jérémie rendirent suspect ce dernier. Un maquignon, des lavandières et un peaussier témoignèrent avoir entendu les deux amis souhaiter la fin du règne du ministre. Le maquignon ajouta que Jérémie ricanait à l'idée de voir un jour croupir son bienfaiteur en prison. Être moqué et sur le point d'être trahi par un garçon qu'il avait désiré façonner à son image fut pour Sa'ad al-Daula un crime de lèse-majesté. Jérémie l'avait irrémédiablement déçu. Et de pactiser avec des gens qui intriguaient sans prudence fut l'élément qui à ses yeux le rendit définitivement irréfléchi, versatile et plutôt stupide.

Les contes et les vérités que Joram avait fait courir sur le compte de Sa'ad al-Daula avaient porté leurs fruits. Les habitants de Tabriz disaient maintenant haut et fort leur haine envers le ministre. Trop de gabegie ! Trop de faveurs accordées au premier ambitieux venu ! Devant cette hostilité, Sa'ad al-Daula jugea plus prudent de ne pas faire arrêter Joram qui risquerait alors de passer pour un martyr. Mais il lui fallait étancher la soif de vengeance qui le rongeait : quel moyen employer pour ne pas être aussitôt désigné comme l'auteur du forfait ? Un poison aux effets lents lui sembla le choix le meilleur. Il fit engager comme serviteur dans la maison du banquier un de ses agents qui, quelques jours plus tard, versa à Joram un vin mortel. Les acolytes de celui-ci, eux, croupirent dans un cachot avant d'être étranglés. Tremer et Jérémie eurent plus de chance : Sa'ad al-Daula se montra magnanime à leur égard en les condamnant simplement à l'exil. Il reçut en secret Tremer et lui fit jurer de ne jamais revenir en Perse. Il l'engagea également à faire fi désormais de sa vie en s'exposant au danger. Puis il l'offrit, ainsi que Jérémie, comme guide à Montefoschi. Il se disait que tôt ou tard le Vénitien découvrirait l'inexpérience de son ancien favori et le congédierait, l'obligeant ainsi à mener une existence de gueux. La veille de leur départ, les deux proscrits promirent de s'entraider et d'être plus unis encore que par le passé. Sur les routes, Tremer prévenait son ami qu'on allait affronter une passe, une succession d'escarpements, des ravines, ceci afin de faire illusion auprès du Vénitien.

Mais Tremer est mort, murmura Jérémie, et je ne vous suis d'aucune utilité. Montefoschi lui conseilla de dormir. Dans la nuit, une embolie emporta le jeune homme.

Les voyageurs n'avaient plus la force de transporter leurs maigres ballots. A chaque étape, ils se délestaient un peu plus. Sur leurs hardes on pouvait encore voir briller une lame ou deviner quelque or cousu dans une doublure qui faisait goder la pelisse. Ces hommes ressemblaient à des fuyards hébétés. Le soleil dardait et la neige poudroyait. La glace se rompit au passage d'un Persan. Il tomba dans le vide. Son corps rebondit plusieurs fois sur des turgescences de pierre et l'écho de sa chute fut accompagné par un long cri. On se pencha au-dessus du gouffre pour ne voir qu'une obscurité bleutée où le cri soudain s'interrompit. Un caravanier originaire de Bagdad resta debout au bord de la crevasse. Il refusait de poursuivre la route et, sans chercher à le convaincre de reprendre l'interminable marche, on le laissa là. Le dernier survivant des soldats de Héthoum creusa un soir un trou profond dans la neige, s'y coucha et ne se releva plus.

Deux marchands restaient en vie. L'un était de Tabriz, et l'autre né à Carcassonne. Dans la capitale persane, ils avaient eu un différend et depuis étaient ennemis. Mais sous l'aveuglante blancheur du Pamir, ils se réconcilièrent sans un mot. Ils partageaient les derniers fruits secs et à la nuit s'enlaçaient pour mêler leur chaleur. Le jour, ils avançaient en trébuchant ou bondissaient de-ci, de-là, comme le cerf talonné par une meute.

La traversée du Pamir s'acheva un des premiers matins de mars. Les pentes étaient plus douces et de moins hautes montagnes surplombaient les plateaux. Les plaines, sans doute, seraient proches. D'ailleurs les annonçaient quelques troupeaux de chèvres sauvages.

Un printemps étonnamment précoce triompha soudain et la nature entière fut soumise à un fulgurant désordre. La pluie succéda à la neige. Des rivières charriaient les éclats de leur manteau de glace. La poussée irrépressible des eaux orchestrait un tumulte. Quatre hommes pataugeaient maintenant dans la boue. Une permanente humidité rouillait leurs genoux. De temps à autre, Vartan se flagellait d'un linge pour activer le sang et entretenir ainsi sa faculté d'observation.

Les vivres étaient épuisés. Quatre hommes rêvaient d'un grand feu brasillant, léchaient leurs doigts et leurs paumes en guise de nourriture. Comme ils pissaient et chiaient sur eux, ils empuantissaient le petit espace où ils s'entassaient pour la nuit. Pour avoir lapé une boue grasse en guise de déjeuner, le Persan et le Carcassonnais enflèrent comme des sangsues : sur une herbe rase noircie par le gel ils crevèrent dans les spasmes.

Montefoschi ressassait les derniers instants de Jérémie et de Tremer, des Persans, des Francs et des Arméniens. Il s'affligeait d'avoir si inconsidérément entraîné caravaniers et soldats, guides et interprètes dans une région où la mort se conjuguait au quotidien. Au contraire de lui, Vartan oubliait déjà les morts et la torture de l'hiver. Il gardait le visage tourné vers le pays des Sères, fixant l'horizon où se rejoignaient le bleu du ciel et la blancheur d'un vallonnement. Il fut le premier à repérer un village dans le lointain.

Les paysans du lieu s'écartèrent devant ces deux êtres hagards, mais ne s'enfuirent pas. Ils les prirent tout d'abord pour des fantômes descendus du Pamir. Un vieillard moqueur calma la foule : les fantômes n'ont jamais une si atroce odeur, et ils parlent la langue de la communauté qu'ils hantent ou bien ont la voix du vent et de la pluie.

Montefoschi et Vartan réclamèrent une outre d'eau pure et quelque nourriture. Jamais ils n'avaient eu à ce point la sensation d'être des étrangers et jamais non plus ils n'avaient eu autant la certitude d'être en sécurité. On riait des sonorités barbares des mots qu'ils bredouillaient, et comme on ne les comprenait pas, ils s'exprimèrent par gestes. Mais Montefoschi s'obstinait à prononcer des mots sauvages, les mots de l'enfer, les seuls à même de raconter l'ordalie, l'effroyable épreuve du froid et de l'errance. Une femme toucha son front, ses yeux et sa bouche, et observa ensuite ses paumes où elle vit se dessiner entre les callosités, le Pamir et la gueule d'un loup. Elle eut un regard de stupéfaction. A sa parentèle elle déclara que ces fantômes-là venaient du tombeau des égarés. Elle toucha encore le front, les yeux et la bouche de l'homme et sourit cette fois-ci, puis elle s'intéressa à Vartan, palpa ses membres et dans le creux de ses mains vit l'hostile immensité des plaines du Nord. Son sourire s'estompa. Elle revint à Montefoschi et lui dénuda la poitrine sur laquelle brillaient les tablettes d'or de Kubilaï. Qui êtes-vous ? demanda-t-elle.

XXIV

Montefoschi et Vartan, afin de récupérer leurs forces, restèrent un mois dans ce village jusqu'à l'arrivée, par un printemps infiniment doux, d'une caravane dont la destination était Dunhuang et à laquelle ils se joignirent. Elle leur fut doublement providentielle, car elle leur permit de continuer sans crainte le voyage et surtout de fuir un lieu qui aurait pu être leur tombe.

Les trois premières semaines de leur séjour, ils avaient été un objet de curiosité pour les villageois. Peut-être ceux-ci s'apitoyaient-ils également sur ces deux hommes qu'ils croyaient plus démunis qu'eux. Mais lorsque Montefoschi avait proposé topazes et rubis – lesquels étaient restés serrés dans sa ceinture – en échange de vêtements neufs, de provisions de bouche, de chevaux, d'armes, tout cela en prévision de leur départ, la population changea de comportement à leur égard. Un sentiment d'envie animait maintenant ces esprits frustes démunis devant l'étranger, et les rustres se disaient qu'il y avait sans doute beaucoup à gagner avec ces gens-là. Aussi remettaient-ils chaque jour au lendemain le prix qu'ils devaient arrêter pour les marchandises demandées. Cet ajournement répété alarma Montefoschi qui comprit le sort qu'on leur réservait.

Lui et Vartan s'aperçurent que, la nuit, des garçons désormais surveillaient la maison où ils étaient hébergés. Et le jour, ces mêmes garçons comme par hasard les accompagnaient dans leurs promenades. Pourquoi, se demandait Montefoschi, ne pas nous avoir déjà tués ? À quoi rime tout ceci ? Ils s'amusent peut-être à nous terroriser, suggéra Vartan. Quand ils se fatigueront de nous effrayer, ils n'hésiteront plus à nous trancher la gorge. Alors, dans la minuscule pièce qui leur servait de chambre, Montefoschi enseigna au moine comment avancer en fauve, comment surprendre une sentinelle et comment lui plonger une lame jusqu'au cœur dans le silence le plus parfait, car il fallait songer sérieusement à quitter ce traquenard. La nuit prochaine, nous agirons, décida-t-il. Mais ils n'eurent pas à frapper leurs gardes : lorsqu'ils s'éveillèrent au matin, une caravane faisait halte dans le village et personne, à leur surprise, ne les empêcha d'aborder les voyageurs qui acceptèrent de les prendre avec eux jusqu'à Dunhuang. Au moment du départ, deux adolescents amenèrent chevaux, vêtements, provisions, et un patriarche empocha topazes et rubis.

XXV

A l'approche de Kashgar, l'un des guides traça un portrait peu flatteur des populations que l'on rencontrait. Il les décrivait pétries d'un incorrigible fatalisme, acceptant sans colère et sans haine les invasions, le ruissellement du sang, le mépris des conquérants. Le ton qu'il avait employé en imposait tant que Vartan fut presque convaincu qu'il existait des êtres dépourvus du moindre sentiment de révolte, esclaves dans l'âme qu'impressionnaient jusqu'à la soumission absolue ceux qui représentent dans le monde l'esprit de la guerre et la fureur de détruire. Cependant, un doute le retenait de croire aux affirmations de ce guide. Les vérifier lui parut nécessaire, car en miniaturiste habitué à saisir les plus infimes nuances d'un regard ou l'ambiguïté d'un geste, il était inévitable qu'il finît par éprouver de la réticence à l'idée qu'un homme pût exposer sa vie durant le même comportement face à la violence. Alors, il examina avec attention les paysans et les villageois qu'il fut amené à côtoyer. Ses conclusions s'opposèrent grandement au dire du guide. Il avait vu la colère passer dans les yeux d'une femme et un désir de meurtre dans celui d'un garçon, il avait vu la foule frémir de haine au passage de cavaliers mongols. S'il lui était donné de revenir dans ces lieux, il se pourrait que lui fût offert le spectacle de têtes tranchées, celles des fonctionnaires de Kubilaï. Étrangement, cette pensée le rassura. Elle prouvait que rien n'est éternel, ni les empires ni les peurs, et qu'à l'instar de ces populations apparemment passives le moine de Sguevra avait des chances de devenir un homme qui prend en main sa destinée.

A Kashgar, la vue de citronniers, d'acacias, de peupliers et de platanes le réjouit. Depuis son enfance, il aimait les vergers et les bois pour les avoir à loisir contemplés dans la propriété de son père. Le bonheur de se promener à l'ombre des arbres égalait sa lassitude des étendues neigeuses, de la pierraille et des sables. Il pénétra, comme il le faisait adolescent, dans des jardins pour y dérober un fruit. Il évita plusieurs fois la bastonnade de serviteurs scandalisés par son audace. Mais le dernier jour qu'il passa dans la ville, il eut aussi une expérience qui le ravit. Alors qu'il cueillait des baies, un homme l'interpella, qui ne brandit ni gourdin ni ne lâcha les chiens. Au contraire, il discourut sur le vol et l'hospitalité. Puis il l'invita à se restaurer chez lui. C'était un nestorien. De la Cilicie à la Perse, les nestoriens avaient mauvaise réputation. On leur reprochait d'être cupides, simoniaques, ignares, menteurs et polygames. Narasaï ne répondait en rien à cette définition. Il se révéla courtois, bavard, généreux, gavant Vartan de petits sablés à la cannelle et de beignets au miel. Et tandis que notre moine avalait pâtisserie sur pâtisserie, il lui susurrait des versets en langue syriaque ou contait une multitude d'anecdotes sur la ville et ses habitants. Il avait le verbe étincelant et la foi profondément chevillée en lui. Au moment des adieux, il serra Vartan contre sa poitrine en lui souhaitant longue vie. Cet épisode apporta à ce dernier la confirmation que tout homme, qu'il soit nestorien, persan ou mongol, ne correspond jamais aux définitions colportées à travers les siècles.

Les chameaux allaient lentement. Des grains de sable agrégés formaient une olive quartzeuse et tranchante qui perçait les sabots. Les chameliers affirmaient que ces petits agglomérats traversaient la corne, entaillaient la chair et pénétraient les veines. Le sang les charriait jusqu'au cœur auquel ils adhéraient. L'animal au cœur gainé de sable agonisait des jours et des jours. Dans le désert de Taklamakan, les bêtes avaient, comme les hommes, des regards de détresse. Vartan perçut la tristesse des yacks et la mort entre leurs paupières.

Le désert était tour à tour dunes, mouvante ampleur de sable et forêts pétrifiées. Depuis deux jours, pas un souffle de vent. Montefoschi exécrait ce brasier et le dieu inconnu qui le créa. Car le dieu des chrétiens aurait-il pu inventer une terre si hostile à la vie ? Mais tous les dieux sont les amis du feu et de la mort, avait dit naguère Arnaud de Roanne. Apprenons à les ignorer et refusons de craindre et le feu et la mort. Depuis qu'il avait entrepris la traversée du Taklamakan, ces réflexions et bien d'autres du médecin occupaient sans cesse l'esprit du Vénitien. Il en mesurait enfin la sagesse ou l'impudence. C'est ainsi que se dessina en lui ce qui était sans doute le véritable portrait d'Arnaud. Voilà un homme impie, intègre et sensuel, en deux mots un homme scandaleux et fascinant, celui qui, en Occident, serait suspect d'hérésie et condamné au bûcher, se disait-il. Force lui était de reconnaître enfin son intelligence, la liberté de sa pensée et l'ironie parfois douloureuse avec laquelle il interprétait et jaugeait le monde. Par conséquent, il en vint à accepter que cet être hors du commun eût été aimé de Hovsep. Comment aurais-je pu, moi qui me berçais d'illusions, lutter contre lui ? Les dés avaient été jetés le jour même de leur rencontre. Pourquoi n'ai-je pas su comprendre cela ? Pourquoi m'être perdu de jalousie ? Et comment me racheter maintenant ? Alors Montefoschi conçut soudain l'idée d'un livre dans lequel Arnaud de Roanne aurait sa place – la meilleure.

Au soir du quatrième jour de marche, Montefoschi, en s'affalant au bas d'une dune, écrasa sous son poids sa besace.

Il en sortit des éclats de verre au parfum d'ambre et de jasmin. Le flacon d'huile consacrée s'était brisé. Vartan l'assura qu'à Yarkand il y aurait des apothicaires de grande renommée pour garder dans leur officine une huile grasse et blonde et que lui, Vartan, la bénirait. Montefoschi ricana. Il y avait longtemps que cette huile n'était plus celle que lui avait donnée le pape. Dans le Pamir, il avait bu celle-ci jusqu'à la dernière goutte.

Le sixième jour de marche, les oasis ne furent enfin plus des mirages. Une phalange d'arbres surgit. Au crépuscule, des cimes de peupliers se profilèrent, d'un gris bleuâtre. La nuit se remplissait de chants et d'un murmure de conversations. Il y eut des villes. On dormit à Yarkand, à Hotan, à Yutian. On y rencontra des femmes et des garçons qui invitaient au plaisir. Alors dans l'étreinte, les cités à moitié enfouies sous les sables, les hommes enlisés, les sources d'eau amère, les roches noires comme des mains dressées vers la voûte céleste, tout cela était oublié.

A Yutian, plusieurs caravanes firent halte le même soir. Aussi les caravansérails furent-ils bondés. On dut partager à six, à sept et parfois plus, de petites chambres, ou bien s'entasser dans les grandes salles. Toutes les pièces avaient une odeur de camphre, de sueur et d'urine. Terrassé de fatigue, Vartan se laissa tomber sur une natte. On moucha les bougies. Peu après, parce qu'il sentait des mains palper sa taille, son ventre et ses cuisses, Vartan émergea de ses rêves. Il crut tout d'abord qu'on tentait de le voler. Mais il se mentait et le savait. Il retint son souffle. Les mains ne cherchaient pas l'or. Elles caressaient. Vartan les repoussa tout en faisant place à un corps contre le sien. Une bouche embrassa sa bouche. Il gémit et une main le bâillonna. Et ses doigts, à leur tour, caressèrent et dénudèrent. Dans sa paume, il recueillit pour la première fois une semence qui n'était pas la sienne. Le corps qui le recouvrait l'abandonna soudain et se fondit dans la pénombre. Les heures qui séparaient Vartan de l'aube lui semblèrent longues. Il s'assoupit. Aux premières lueurs du jour, il s'aperçut que la nudité de son ventre était exposée aux regards. Il grelottait de froid, de honte et de peur. Mais, déjà, le retour de la nuit lui tardait. Dieu avait pour lui moins de présence que le plus insignifiant des hommes, car le plus insignifiant des hommes peut se révéler au coucher du soleil un merveilleux amant. Dans la lumière qui baignait Yutian, il se prit à invoquer le retour des ténèbres pourvoyeuses de rencontres.

Ce jour-là, dans la cour du caravansérail, un marchand seldjoukide chercha querelle à Vartan. Avec une aigreur méprisante, il déclara qu'en Chine on le prendrait comme giton d'un prince mongol. Vartan répliqua par des coups et le combat entre eux fut engagé devant Montefoschi et quatre Persans. Vartan et le Seldjoukide luttèrent longtemps dans la poussière. Ils bondissaient l'un autour de l'autre et parfois un poing atteignait un nez, une joue, une épaule. Le sang coulait des visages. Dans une fureur concentrée, ils se toisaient et s'insultaient. Des badauds se joignirent aux quelques spectateurs. Les paris alors fusèrent. Pendant le combat, qui se prolongeait, le corps de Vartan subit une éphémère et stupéfiante métamorphose : en un instant il posséda la dureté, la résistance et le poids du granit. Comme Tremer dans la semaine qui précéda sa mort, Vartan se minéralisait. Mais cette même altération, plutôt que d'annoncer sa fin, donnait au moine la puissance physique que la pire brute aurait pu lui envier. Le Seldjoukide fléchissait, corseté par des bras et des jambes de pierre. Ses genoux touchèrent bientôt le sol, puis ce furent sa poitrine et son front. Le public qui avait parié pour Vartan manifesta par des cris sa victoire. Logiquement, celle-ci aurait dû exalter le gagnant autant et sinon plus que ses partisans. Il n'en fut rien. Vartan se taisait. De cette victoire, il ne tirait aucune satisfaction, aucune joie. Il regardait fixement le Seldjoukide et la vue de cet homme à terre l'humiliait. Il prenait conscience que lui répugnaient les combats et les guerres, et que rien ne justifie le plaisir de vaincre. A l'instant où cette pensée s'enracina en lui, ses membres perdirent les propriétés de la pierre. Un dieu, sans doute, avait permis la métamorphose pour l'annuler ensuite, une fois que son serviteur aurait compris son enseignement. Cette épreuve est-elle de celles qui prouvent que le Crucifié est vivant en nous ? s'interrogeait Vartan. Peut-être, oui, peut-être.

Il aida le Seldjoukide à se relever.

Des bruits d'étoffes que l'on froisse provenaient des salles du caravansérail. C'était la seconde nuit que Vartan passait à Yutian. Son attente de l'inconnu fut déçue. Il toucha son sexe et lécha sur ses doigts sa semence. Cette nuit-là, il ne se contenterait pas du plaisir solitaire. Il sortit dans la cour où là aussi on semblait s'être abandonné au sommeil. Mais on peut le feindre, on peut entrouvrir les yeux au passage d'un promeneur, on peut ébaucher le sourire qui invite à l'étreinte. Alors, Vartan se pencha au-dessus de chaque dormeur, épia le tressaillement qui révélerait l'attente de l'amant. A chaque fois un ronflement répondit à son espoir. Il décida donc de se plonger dans les rues.

Un vent âpre raclait la ville. Une lourde poussière croupissait contre les murs. Du crépuscule jusqu'à l'aube, Vartan erra dans Yutian. A l'aube, il croisa un garçon qui le mena vers un jardin où, sans un mot, on le posséda.

XXVI

La caravane avait séjourné cinq jours à Yutian.

Elle reprit la route dans une poussière rouge qui plâtrait les vêtements. Une suie couleur de sang s'incrustait dans leurs plis. On était au centre du Tarim. La jonquille blanche et l'iris du Cachemire fleurissaient. Parmi des pierres se dressaient des épis odorants. Les brouillards étaient jaunes comme le soufre, tièdes, délétères, et dérivaient en un fleuve aérien et millénaire. Jamais personne ne les vit se dissiper. Ils avaient englouti des caravanes entières, des armées chargées d'un butin de guerre, des troupeaux et leurs bergers. A Hotan, un moine avait dit à Vartan que le Tarim était l'unique région du monde connu qui ne pouvait être représentée. Comment rendre cette masse cotonneuse ? Les artistes n'avaient su reproduire sur le parchemin qu'une salissure jaunâtre. Mais au milieu de ces brumes épaisses, Vartan désirait peindre l'impossible, et sur-le-champ. Ce qui se révéla être une gageure qu'il ne put tenir. En voyage, manier le pinceau est pour le moins difficile, sinon irréalisable. Vartan en fit la détestable expérience. A chaque mouvement de son chameau, le calame éclaboussait de noir ou de jaune le parchemin, et les couleurs étoilaient de taches le manteau du peintre et l'encolure de la bête. Les caravaniers riaient sous cape. A-t-on vu déjà pareil imbécile ? se disaient-ils entre eux. Et dans les caravansérails, se concentrer sur une œuvre est digne du prodige, étant donné le brouhaha et le va-et-vient incessants. Vexé, voire mortifié, Vartan jugea bon de renoncer à l'entreprise jusqu'à Pékin où, espérait-il, les conditions seraient plus favorables pour se refamiliariser avec son art. Même dans l'ancienne oasis de Niya, qui avait le calme des lieux sur le point d'être reconquis par les sables, il bouda ses pinceaux.

L'oasis de Niya, active sous la dynastie des Han, avait été progressivement abandonnée. Elle n'était plus que ruines infimes, bosses terreuses, arbres rachitiques. En foulant la morne étendue désertique ponctuée ici et là des vagues traces d'un mur, Vartan trouva un peigne au manche d'ivoire poli par le vent, aux dents ébréchées. Comme ces élégants de Tabriz qui s'éternisaient à leur toilette, il passa beaucoup de temps à démêler ses cheveux. Tout à son occupation, il songeait à un garçon qu'il avait regardé, à Tabriz encore, danser au fond d'une salle du caravansérail et qu'il avait envié. Pour ressembler à cet éphèbe qui évoluait devant une société exclusivement masculine, il rougit ses lèvres et les ongles de ses pieds du pigment carmin qu'il utilisait pour vermillonner les étoffes drapant les saints et les dignitaires. C'est ainsi maquillé qu'il dansa dans un verger pétrifié pour une invisible assemblée la danse lente et voluptueuse de la séduction. Il dansait parmi des arbres d'un blanc de céruse et qui tordaient leurs branches sous un ciel violine. Il se reposa ensuite près de peupliers arachnéens qui s'effritaient doucement et dont les troncs grinçaient comme des mâts. Il s'assit sur une souche et fut pendant une heure ou deux l'idole immobile d'une oasis qu'on eût crue oubliée du monde. Il rêvait au jour qui le verrait sur un pré, dans une taverne, n'importe où, exécuter devant des bouviers, des buveurs de boissons fortes, une foule, les figures du désir.

XXVII

A Qiemo, Montefoschi et Vartan entrèrent dans une ville en liesse. Auprès des habitants ils tentèrent plusieurs fois et toujours sans succès d'en apprendre la cause. Aux questions qu'ils posèrent, ils reçurent des réponses incohérentes. On leur parlait d'une invraisemblable plante qui tuait, d'enfants frondeurs qui avaient sauvé la cité en tenant tête à des vieillards sceptiques. Le reste de la caravane n'eut pas plus de chance. Elle aussi eut droit à des discours étranges, et était prête à abandonner son enquête, quand Vartan aborda un fardier transportant un tas nauséabond de ce qui semblait être de longues herbes gluantes. L'homme daigna les éclairer sur la raison de cette joie qui embrasait la ville.

Des enfants, commença-t-il, qui se baignaient chaque jour dans le fleuve, avaient remarqué il y avait cinq jours qu'une végétation aquatique, inconnue d'eux jusqu'alors, proliférait près des berges. Cette algue s'enroulait aux jambes, à la taille et au torse, mais les gamins s'en désenchaînaient facilement. Ils décidèrent d'avertir les sages de Qiemo, lesquels se contentèrent de tapoter le sommet de leur crâne et de sourire. Ayant déjà entendu mille sornettes sortir de la bouche de ces enfants, ils les renvoyèrent à leurs familles. De toute façon, la vérité des choses et l'observation de la nature étaient affaires d'adulte.

Les enfants retournèrent au fleuve où ils s'aperçurent qu'en leur absence les algues avaient étendu leur empire jusqu'au milieu des eaux et qu'elles créaient maintenant une sorte de forêt vierge. Elles étaient plus véloces que des chevaux fous, que Pégase ou les cavales du Prophète, et il devenait difficile d'échapper à ces milliers de tiges serpentines. Les enfants retournèrent auprès des sages pour leur décrire l'hydre née du fleuve. Ceux-ci enfin s'émurent et découvrirent que le vert cristallin de la plante avait bruni et dégageait une odeur d'étron. Un des sages jeta cette pourriture aux poules qui l'ignorèrent. Le fouet s'abattit trois fois sur le dos des gosses. Mais la punition ne les découragea pas d'aller de nouveau au fleuve dont la surface était maintenant un glacis d'émeraude. L'hydre avait été besogneuse. Les enfants regardèrent et restèrent muets. Muets ils continuèrent à l'être dans les rues et au dîner : ils connaissaient la peur. Et puis la peur commença de suinter dans la ville entière. En une nuit, l'hydre avait pris d'assaut les nefs. Elle était un large filet aux mailles fines qui recouvrait les mâts, les ponts, les rames et broyait sa proie de bois. Elle étouffa des matelots et leur capitaine. Et la Plante, comme on la surnomma, déborda des berges et se rua vers Qiemo. La population s'empressa de creuser des fosses profondes afin de ralentir son avancée. Mais la Plante envahit les fosses, les recouvrit, continua sa course. Sous le soleil, elle empestait le charnier. Les sages s'assemblèrent à la hâte. La Plante, pendant ce temps, submergeait les bas quartiers. Un sage fit venir les enfants. Il s'agenouilla devant eux, leur demandant pardon ainsi qu'à ses compagnons pour leur incrédulité. Dans un élan de contrition, il baisa leurs pieds. Les enfants accordèrent leur pardon et aussitôt la Plante reflua, réintégra le fleuve et s'enfonça dans la vase.

Le fardier avait été écouté dans le silence le plus parfait. Mais sitôt le récit terminé, les voyageurs philosophèrent comme les commères un jour de marché. Tels les animaux, les enfants pressentent le danger, disaient-ils. Et qu'est-ce que la sagesse si elle reste sourde à la parole des innocents ? Car l'enfant n'est-il pas le symbole de l'innocence ? Peut-on se vanter de faire partie des sages si l'on est incapable de croire aux manifestations démoniaques ? La prétention et l'orgueil mènent le monde, conclut un Persan avec grandiloquence.

Agacé par la vanité de ces échanges, Vartan s'était éclipsé avant la fin des conversations. Montefoschi le retrouva bien plus tard dans la cour du caravansérail où ils avaient élu domicile. Le jeune homme dansait face à des caravaniers assis en demi-cercle. Ses membres reproduisaient le mouvement sinueux de la Plante et semblaient épouser les contours d'un corps jusqu'à vouloir l'étouffer. Soudain, la Plante qu'il incarnait se fit amoureuse. Vartan mimait maintenant les caresses, les baisers, l'étreinte. Et ses lèvres balbutiaient les mots que l'on prononcent parfois dans le plaisir. Quand il eut achevé sa danse, les spectateurs l'entourèrent et ne tarirent pas d'éloges. L'un d'eux l'enlaça, puis l'entraîna dans sa chambre.

A la différence des caravaniers, Montefoschi n'avait éprouvé nul désir pour son ami. D'ailleurs, depuis la mort de Hovsep, la tentation de la chair lui était devenue chose étrangère. Cependant, il s'était réjoui de voir Vartan adulé, courtisé, choyé. Le moine cessait enfin de s'interdire les jeux de l'amour.

XXVIII

La caravane demeura trois semaines à Qiemo. Les marchands ne s'étaient pas résolus à quitter une ville où les fêtes succédaient aux fêtes. Les religieux avaient baptisé certaines d'entre elles – il y eut celle de la Délivrance, celle des Enfants, celle du Fleuve – et s'étaient promis de les répéter d'année en année afin de commémorer la victoire remportée sur la Plante. On partit de Qiemo seulement lorsque banquets et processions prirent fin.

Aux abords de Carxliq, les loups s'avérèrent être des animaux plutôt inoffensifs. Leurs crocs se plantaient rarement dans la chair humaine. Mais comme tous leurs congénères, ils égorgeaient les moutons égarés et achevaient les brebis malades. En cinq années, une fillette seulement fut la proie des carnassiers. D'elle, ils ne laissèrent que les bottes, quelques lambeaux de robe et une tache de sang. Les Tangouts les décrivaient comme des esprits se nourrissant essentiellement de l'air frais du soir et de fragments d'étoiles tombés du ciel. La ville de Carxliq devait surtout sa réputation à l'hospitalité et à la générosité de ses habitants. Il est vrai qu'ils n'étaient nullement avares de leur vin et de leurs agneaux embrochés. Ils conduisaient les voyageurs toujours harassés dans des pièces souterraines où il était, assuraient-ils, agréable de se délasser, de dormir et de rêver. Ils étaient connus aussi pour leurs mensonges, car la moiteur qui régnait dans ces lieux obscurs favorisait peu le repos, le sommeil et les songes, Vartan s'en rendit compte très vite. Des nuées de maringouins assaillirent ses épaules et ses cuisses et il dut emmailloter son corps de plusieurs épaisseurs de lin et de coton. Ainsi il ressemblait à une momie qu'aucun sarcophage n'isolait des vivants. Mais il y eut pire : des nuages de moustiques préludaient à d'autres incommodations. Les scorpions logeaient dans la moindre fissure des murs ; des hordes de cafards rouges, de puces et de poux avaient élu domicile dans la natte. Vartan, comme tous les précédents locataires, choisit d'aller s'étendre sur le sable, au clair de lune. Rarement victimes de cette faune pourvue d'élytres, de mandibules et de crochets, les habitants de Carxliq s'étonnaient des frayeurs que suscitait la vermine chez les voyageurs. Eux, ils émergeaient au matin de leurs catacombes dispos, gais et affamés. Vartan leur attribua le don d'envoûter cancrelats et moustiques, araignées et scolopendres.

Ces insectes proliférants ne les invitèrent pas à s'éterniser à Carxliq. Aussi reprit-on au plus vite la route de Dunhuang.

Durant près d'un mois, la caravane longea le désert du Sin kiang. Elle avançait comme sous une averse de feu tant la chaleur était intense. Un homme qui chutait de sa monture par épuisement avait droit à quelques gouttes d'une eau fade qui croupissait dans son récipient de cuir. Des esprits malins résidaient depuis une éternité dans ce désert. Les tribus de cette région craignaient plus leur malice que la morsure de la vipère. Les déplacements de ces esprits irisaient l'air ou le nacraient. Et le bruit du vent, à leur passage, se muait en un chant. Ils étaient le feu follet qui suit le voyageur, et quand ils s'attroupaient par milliers près des bivouacs, le désert tout à coup sentait l'ambre, le jasmin et la myrrhe. Ils se nourrissaient du fumet d'un plat, d'une odeur de friture ou d'un relent de vinasse. La palette de leurs goûts se révélait large. A certaines heures, ils imitaient à merveille la voix d'un Persan, d'un Seldjoukide, d'un Mongol ou d'un Franc. Ce talent avait des conséquences funestes sur les hommes en marche vers la Chine. Un traînard croyait entendre l'appel désespéré d'un de ses compagnons. Il allait à son aide et ne reparaissait plus, s'étant égaré dans les sables.

Les esprits du Sin kiang remplissaient le jour – et parfois la nuit – du bruit d'armures qui s'entrechoquent et du son de tambours et de cymbales. C'était l'heure d'invisibles combats. Mais leurs murmures n'eurent aucun effet sur les marchands. Montefoschi, encore une fois, avait usé de la ruse : il conseilla à quarante-trois hommes d'appliquer contre leurs oreilles des tampons de coton, pour ne plus entendre les éfrits. Et la ruse réussit. Les démons s'égosillèrent en vain. Cet échec amoindrit leurs pouvoirs. Ces invisibles créatures, un matin, prirent corps et se desséchèrent au soleil. Un dieu leur avait retiré l'immortalité. Parfois, le voyageur remarquait sur le sable un tas de cendres que le vent ne parvenait pas à disperser : c'était ce qui restait d'un esprit du Sin kiang.

Et ce désert fut un souvenir pour Vartan comme l'avaient été le Pamir, Tabriz, Ayas et Sguevra. On entrait dans l'ancien royaume des Tangouts. A Dunhuang, temples et monastères se multipliaient à l'infini. Des bosquets de tamaris verdissaient la périphérie des deux villes. Au-delà des faubourgs, des marais s'empanachaient de roseaux. Leur continuel crissement se percevait à une grande distance. Pour les marchands, ils annonçaient la cité, les richesses et la natte toujours bienvenue aux membres moulus.

Comme les guides en avaient prévenu Montefoschi et Vartan, la caravane n'irait pas au-delà de Dunhuang, car Kubilaï, par caprice ou méfiance, allez savoir, avait refusé aux voyageurs le laissez-passer qui leur aurait permis de s'avancer plus avant dans l'empire mongol. Le Vénitien et son compagnon durent attendre plus d'un mois le passage d'une caravane qui, elle, aurait franchise absolue sur la terre chinoise.

Durant ce séjour imposé, Vartan noua des relations amicales avec une famille qui l'invita souvent à partager ses repas. Ses hôtes parlaient la langue tangoute qui lui résistait. Il n'en avait mémorisé que les mots servant à réclamer de l'eau, du vin, une côtelette supplémentaire. Il aurait aimé choisir parmi les convives celui qui lui en enseignerait des rudiments et serait le temps de la halte son bel ami, mais aucun de ces joyeux bâfreurs ne l'émouvait. Alors, il prenait congé d'eux en invoquant une excuse ou une autre et s'en allait dériver dans la ville au gré de ses rencontres.

Montefoschi ne participait pas aux agapes. Il établissait la liste des événements capitaux de sa vie. Il s'était désintéressé depuis des mois de savoir si ses comptoirs de Crimée prospéraient, et n'avait pas envoyé un seul message à ses administrateurs. La grandeur et l'avenir de son nom ne le préoccupaient plus. En revanche l'obsédait désormais la rédaction de ses relations de voyage. Il aspirait au calme et à la monotonie des jours pour écrire ses ambitions mortes, ses rêves dérisoires et l'histoire d'un amour.

XXIX

Puis vint l'heure du départ de Dunhuang.

La caravane à laquelle se joignirent Montefoschi et Vartan se rendait à Ganzhou.

Dans la province du Kansou, les chevaux broutèrent une herbe toxique qui eut pour effet surprenant de déliter rapidement leurs sabots – lesquels, comme mis à nu, se meurtrirent au contact des pierres. Les bêtes boitaient, et comme la marche en était ralentie, les hommes se demandaient si on parviendrait jamais à destination.

Vartan se lassa bientôt de cette région où, semblait-il, les malédictions fleurissaient. Mais n'en était-il pas toujours ainsi dans les campagnes, les forêts et les montagnes ? Les sorciers et les génies de la terre, on ne savait pourquoi, avaient moins d'emprise sur les villes. Alors, Vartan, comme les autres, s'impatientait de la lenteur que l'on mettait à traverser cette région et rêvait de se trouver derrière les murs d'une cité qui le préserverait de l'hostilité de la nature et des créatures qui la peuplent.

A deux journées de marche de Ganzhou, la caravane s'arrêta pour la nuit dans un village où bivouaquaient des paysans ouïgours en route pour Pékin. Ces derniers espéraient pouvoir présenter à Kubilaï une race de canards crêtés de rouge et au jabot d'un vert sombre. Suite à des croisements, le poids de leurs volatiles atteignait le double de celui d'un canard normal et leur chair était plus savoureuse. Accompagnés de leurs femmes, ces paysans avides d'honneurs et de reconnaissance comptaient donc sur la succulence de leurs volailles pour accéder à la dignité d'intendant de la basse-cour impériale. L'une des femmes jetait sans cesse des regards à Montefoschi. A l'aube, elle s'enhardit. Sitôt assise à ses côtés, elle traça sur le sol quatre-vingt-trois petits cercles qui, dit-elle, représentaient chacun une des quatre-vingt-trois personnes qu'il avait haïes, aimées, méprisées ou admirées dans sa vie et, précisa-t-elle encore, il allait avoir le pouvoir de les arracher par les mots à l'oubli où sombrent presque toujours les morts. Grâce à lui, les générations futures, à leur tour, haïraient, aimeraient, mépriseraient ou admireraient des êtres disparus depuis des lustres. Mais la quatre-vingt-troisième évocation achevée, une fièvre le saisirait qui ferait brusquement de lui un homme sans mémoire. Pour la remercier de sa prédiction, Montefoschi lui offrit une pierre précieuse, qu'elle refusa. Je n'ai besoin de rien, dit-elle, car, moi et les miens, nous recevrons des mains du khan plus de richesses que nous n'en avons jamais rêvé. Garde cette pierre pour l'instant. Un jour, dans une île, tu la vendras et le prix que tu en auras tiré t'assurera une existence sans souci du lendemain. C'est dans cette île que tu fermeras les yeux sur un monde dont tu auras su décrire le chaos et la beauté.

XXX

A Ganzhou, les caravaniers prirent congé, un matin, de Montefoschi. Les uns s'en retournaient en Perse, les autres en Cilicie. Bombant le torse, fiers et ombrageux, le couteau à la ceinture, ils avaient l'allure de guerriers avant la bataille. Sous la robe d'un Cilicien, près de son cœur, crissait une lettre du Vénitien adressée à un de ses cousins, gérant en son absence le comptoir de Sudak. Vartan l'avait écrite sous la dictée. La missive était courte : quatorze lignes, à la sécheresse d'un acte notarié, avertissaient le destinataire de la mort de son parent. Neuf phrases lui expliquaient que la fièvre avait emporté un homme que les aléas du voyage avaient réduit à l'état de pauvreté absolue. Montefoschi demanda à Vartan de lui rendre le testament qu'il avait en sa possession et le déchira. Il expliqua ainsi le pourquoi de son geste : être mon héritier t'aurait obligé, pour régler ma succession, à aller en Crimée et peut-être même en Italie, quand ton destin est de tourner définitivement le dos à l'Occident. Car je crois que tu es né pour vivre sur ces terres d'Orient, pour en explorer les trésors, pour en aimer les hommes et t'en faire aimer.

Par la voix d'un de ses fonctionnaires, Kubilaï refusa à l'ambassadeur de Héthoum et au moine l'autorisation de poursuivre leur route, du moins dans l'immédiat. On racontait que l'empereur en vieillissant se sinisait et, comme tout Chinois, se méfiait des étrangers. Peut-être ne se souvenait-il plus d'avoir reçu naguère le Vénitien en son palais et de l'avoir alors chargé d'être son messager auprès du pape Nicolas IV. Quoi qu'il en fût, ses espions les surveillaient comme de vulgaires marchands. Ceux-ci passèrent onze mois à Ganzhou.

Pendant cet arrêt forcé, Montefoschi occupa une chambre dans le quartier réservé justement aux étrangers. Il en sortait peu, buvait trop, mangeait trop. A cette existence de reclus, il engraissa, somnolant dans la journée de longues heures, et le soir enfin se consacrait à la relation de ses aventures. Vartan avait partagé un temps sa chambre, puis s'était plaint de l'exiguïté du lieu et avait enfin décidé de déménager. Montefoschi avait engagé à son service, pour être tour à tour son portier, son valet et son cuisinier, un jeune ouïgour volubile et volontiers cancanier. Un jour, le jeune Toghril arriva dans un état d'excitation rare : on venait de lui rapporter une histoire qui faisait le tour de la ville, celle d'un voleur mongol qui mourut percé d'une flèche sur un cheval suant le sang. Dans d'autres villes, Montefoschi devait l'entendre encore maintes et maintes fois. Le voleur, selon le conteur, serait persan, franc, arménien, égyptien ou mongol. En quelques mois seulement après sa mort, Hovsep avait donc accédé au statut de légende. Montefoschi décida ce midi-là que son livre s'ouvrirait sur la description de brumes d'où émergerait un dieu de l'amour empourpré du sang de tous les amants malheureux. L'ouvrage serait ainsi sous le signe de la tragédie et du divin.

En onze mois, Vartan ne retourna que deux fois chez Montefoschi. Lors de ses visites, il eut l'impression qu'ils vivaient leurs adieux. L'homme se désintéressait de lui, était même grossier à son égard. Il soupirait et bâillait pour montrer son impatience à un entretien qui se prolongeait. Toghril assistait debout, près de la porte, à leurs discussions insipides. Vartan, qui souffrit de cette déroutante attitude, prit donc la décision de renoncer à le rencontrer. Il vivait Montefoschi comme un ami qui l'aurait trahi, aussi n'avait-il plus le goût de le voir. Et l'homme appartint peu à peu à son passé.

Vartan s'ennuyait à Ganzhou. Ou plutôt le croyait. En vérité, sous le glacis de l'ennui, une inquiétude le rongeait.

Dès qu'il avait appris la décision de Kubilaï de le retenir dans cette ville, Vartan s'était promis de consacrer l'essentiel de son temps à son travail de miniaturiste. Ce fut un vœu pieux. Le pinceau à la main, il laissait filer les heures sans pouvoir ébaucher la silhouette d'un saint ou la forme d'un oiseau. Et s'il traçait enfin une ligne sur le parchemin, la ligne était tremblée. Les scènes bibliques, les miracles et les épreuves du Christ ne l'inspiraient plus comme elles l'avaient fait dans le scriptorium de Sguevra. C'était autre chose qu'il avait envie de peindre. Mais il ignorait quoi. L'impossible, sans doute, ces brumes du Tarim qui défiaient les artistes. Il s'essayait à les reproduire telles qu'il les revoyait dans son souvenir. Le résultat l'humiliait : alors, il fuyait sa chambre pour les rues de Ganzhou.

Ces errances répétées l'amenèrent à bien connaître la ville. Il en vint ainsi à préférer certains quartiers, si bien que ses pas l'y menaient toujours. Il était un endroit en particulier qui l'enchantait, surtout en été. Et pourtant, il n'avait rien de remarquable. Que pouvait présenter de si exceptionnel un arbre poussant à l'angle d'une petite place, la plupart du temps déserte ? Pour le savoir, il fallait l'observer en début d'après-midi, au moment où une triomphante lumière le métamorphosait en le dotant de tous les ors de la création. Cependant, l'arbre dans sa gloire de vermeil émouvait moins Vartan qu'à l'instant où le jour baissait. Les ors, lorsque la lumière perdait de son intensité, se duvetaient comme si un voile infiniment léger recouvrait le feuillage et le tronc. L'arbre semblait frémir sous une brise. Cette douce palpitation végétale, c'était cela qui bouleversait Vartan, c'était cela qu'il lui fallait peindre. Mais il s'assombrissait à l'idée de devoir exprimer l'impalpable. L'échec serait au rendez-vous, il en était sûr. Et la nuit venant, l'enchantement reculait devant la montée du désespoir.

Un soir, alors qu'il s'apprêtait à partir, il sentit une présence derrière lui. Il se retourna : un homme lui souriait et Vartan se dit que ce sourire si énigmatique serait aussi difficile à rendre que l'arbre. Si l'homme remarqua son trouble, il n'en laissa rien paraître. Il se présenta. Il s'appelait Kao Hsüan et de même qu'Apollonios de Tyane il parlait toutes les langues de l'univers. Je suis peintre, affirma-t-il. Et j'ai peint cet arbre que vous avez contemplé si longtemps. Car j'étais là et je vous ai vu en plein ravissement. Il n'est que vous et moi pour nous y intéresser dans cette ville. Il fit une pause, puis proposa : Vous serait-il agréable de partager mon dîner ? Comme il était curieux de la manière dont Kao Hsüan avait pu représenter le sublime, Vartan accepta.

Mais chez son hôte il toucha peu aux plats tant l'impatience le taraudait. Le Chinois entretenait la nervosité de son convive en le servant avec une lenteur affectée. Il paraissait s'amuser à ce jeu. Et lorsque Vartan le pressa de lui montrer ses œuvres, il glapit un “oui, oui, tout de suite”, puis continua de bavarder comme s'il avait oublié ce qu'on venait de lui demander. L'exaspération de Vartan était à son comble quand, avec le même sourire aux lèvres que celui qu'il avait arboré sur la place, l'homme se dirigea vers un coffre d'où il sortit une feuille de papier. Vartan fit mine de vouloir s'en saisir. En un geste vif, Kao Hsüan la déroba à sa vue. Pourquoi tant de hâte, murmura-t-il, pourquoi ? Est-ce si douloureux d'attendre ? Maîtriser ses émotions, tempérer l'ardeur de ses désirs, est-ce au-dessus de vos forces ? Cette brutalité pour s'emparer d'une feuille de papier n'est-elle pas ridicule ? S'agiter ainsi peut-il préparer à déchiffrer ce qui est imperceptible, de l'ordre de l'ineffable ? Est-ce l'état requis pour percevoir l'ondoyance des choses, le monde éphémère ou son éternité ? Pardonnez-moi, dit simplement Vartan. Quel étrange mot, soupira Kao Hsüan, oui quel étrange mot en réponse à mes paroles. Vous ne m'avez pas offensé. Je parlais de vous, j'évoquais comment appréhender la beauté et la complexité de ce qui nous entoure, c'est tout. En prononçant cette dernière phrase, Kao Hsüan tendit la feuille à Vartan.

Quelques traits sûrement tracés évoquaient l'arbre plus qu'ils n'en reproduisaient les détails. Malgré tout, c'était bien ce que notre moine avait si souvent scruté, contemplé, aimé. Le feuillage rendu par trois traits échevelés bruissait ici au vent qui balayait si souvent la place, et la simplicité fébrile du tronc esquissé avait une telle présence que Vartan, transporté, multiplia l'arbre à l'infini et se trouva brusquement au cœur d'une forêt, là où tout est ombre, chuchotements, mystère. L'arbre occupait un coin du tableau, vers le bas, à gauche. Entre lui et une montagne dont l'artiste avait seulement suggéré le faîte, l'espace était de la blancheur d'un nuage à peine nervuré ici et là de noir. Il envoûtait, on s'y perdait. Démontrait-il l'évidence des mondes invisibles que, dans le tumulte des jours, on ne peut percevoir ? Sans doute. Vartan se tut longtemps. Puis il avoua à Kao Hsüan qu'il était peintre comme lui. Alors, Kao Hsüan le pria de lui apporter dès le lendemain une de ses œuvres. Mais Vartan ne revint jamais.

De retour dans sa chambre, il répandit sur le sol les pigments et les piétina, brisa les godets contre les murs, rompit les pinceaux. Sa rage passée, il ouvrit *L'Évangile de Léon II* et s'absorba des heures durant dans l'étude de chaque visage, des groupes de personnages, de chaque paysage. Rien n'égalait en présence la blancheur d'un mystérieux nuage apparemment immobile entre l'arbre et la montagne. Comment oser de nouveau s'atteler à l'ouvrage si c'était pour offrir à l'œil un tel manque d'expression des regards, tant de raideur dans les corps, tant de naïveté dans la représentation de la nature et des bêtes ? Les moines de Sguevra, les aristocrates de Sis, le peuple de Cilicie, le roi étaient donc à ce point aveugles ou frustes pour admirer une œuvre dépourvue de densité, d'intelligence, de beauté ? Il serait toujours cet élève passablement doué que le hasard avait porté aux nues. Quant à faire d'un arbre, d'un nuage, d'une montagne l'essence même du monde, il préférait y renoncer. Il n'avait ni la fulgurance du trait ni ce génie qui consiste à évoquer le vide. Aussi sa lucidité lui conseillait-elle de délaisser définitivement le pinceau. Un jour, peut-être, la grâce lui serait donnée de nouveau. Alors, d'un trait de calame, il s'essaierait à saisir le sourire de Kao Hsüan.

XXXI

Enfin, l'autorisation de se rendre à Chang-tou, la résidence d'été de Kubilaï, parvint à Montefoschi. Pris dans le feu de la relation de ses mémoires, il ne la transmit pas aussitôt à Vartan. Et quand il en arriva à décrire son séjour à Ganzhou, il commença de rêver de l'île qu'avait évoquée la paysanne ouïgour. Un matin, sa décision fut prise : il reprendrait les routes, il irait vers cette île et Toghril l'accompagnerait.

Lorsqu'une fillette porta l'autorisation impériale à Vartan, le Vénitien avait quitté Ganzhou.

Dans la chambre de son ami, Vartan trouva comme dernières traces une fiole censée contenir de l'huile consacrée, les tablettes d'or, une bourse remplie de perles et de saphirs, la lettre de Nicolas IV et celle de Héthoum II, toutes deux adressées à Kubilaï. Le mémorialiste avait cloué sur un mur de la pièce un parchemin, copie de certaines pages du récit de ses aventures. Vartan en commença la lecture quand le texte brutalement devint flou. Il ferma les yeux, les rouvrit. La brume s'était dissipée. Il put alors y lire son avenir : "Vartan Ovanessian atteignit Pékin où il se fit un ami qui le conduisit au-delà du monde connu".

LE ROMAN DE JEBE

XXXII

C'était septembre quand Vartan atteignit Chang-tou où l'attendait une amère déception : depuis une semaine, l'empereur avait quitté sa résidence d'été pour Pékin. Il se découragea de jamais pouvoir s'entretenir avec Kubilaï de son vivant, et par enchaînement, la pensée de sa propre mort le visita. Mais il refusa de succomber à la morbidité. Par loyauté envers son roi, il devait réaliser la mission qui lui avait été confiée : déposer aux pieds de Kubilaï l'huile consacrée et *L'Évangile de Léon II*, être l'avocat d'une religion et d'une culture. Ensuite, il s'abandonnerait au gré des événements.

Impatient d'atteindre au plus vite Pékin, il dut pourtant ronger son frein, car les caravaniers, du moins lui semblait-il, prenaient plaisir à prolonger chaque halte. A Eçina, ils se consacrèrent plusieurs jours à la chasse au faucon ; dans une vallée que traversait une rivière, ils se passionnèrent pour la pêche au brochet, et cette nouvelle passion dura elle encore plusieurs jours. Vartan passa successivement de l'exaspération à la colère, des grommellements aux injures. On se moquait de lui ! Mais sa mauvaise humeur le quitta comme par enchantement lorsqu'il vit les marchands à demi nus en train de se prélasser sur la berge. Comment résister à une telle vision ? Il s'assit parmi eux, oublia ses griefs et n'écouta plus que son désir.

Et maintenant Vartan était à Chang-tou, la ville aux mille temples. Les moines, de petits hommes chétifs et enjoués, transportaient avec eux une odeur de charogne et de soue. De l'un d'eux, il apprit qu'ils se nourrissaient essentiellement d'un brouet à base de semoule et de son, sauf lorsqu'un condamné à mort venait d'être exécuté, car la tradition voulait qu'on leur livrât le cadavre. Ils le démembraient et, une fois dépecé, le faisaient cuire. Depuis que le moine l'avait renseigné sur l'odieuse coutume de sa communauté, Vartan ne tenait pas à rester plus qu'il n'était nécessaire dans cette cité. En se promenant dans les rues, il lui semblait que se posaient sur lui des regards de gourmandise et il avait peur soudain de finir dans un chaudron. Les caravaniers, dès qu'il les avertit que l'anthropophagie était tolérée, plièrent bagages.

Dans les derniers jours de septembre, Vartan entra dans Pékin. Mais douze mois passèrent encore avant qu'il fût reçu par Kubilaï.

XXXIII

Enfin le jour vint où l'empereur daigna le rencontrer.

Vartan longea d'interminables galeries et franchit plus de cent portes, précédé par un chambellan et escorté d'archers. Pour seuls bruits, il y avait le crissement des vêtements de soie et le cliquetis des sabres. Le moine n'appréhendait pas son entretien avec Kubilaï. Il portait en lui les ambitions de Montefoschi et, sur son visage, la dure expression de Hovsep complotant contre Roger de Narbonne ; il affichait aussi le calme souverain d'Arnaud de Roanne au chevet des moribonds, et son propre orgueil d'avoir su traverser les déserts de neige et les déserts de sable. De brefs instants, il songeait à Marcos Traboukis, et ce qui de son ami surgissait toujours en premier à son esprit était combien l'amour, rien que l'amour avait requis toute sa vie. A Pékin, s'il se référait aux écrits de Montefoschi, il connaîtrait cela à son tour et cette idée l'exalta. C'est donc avec une certaine assurance qu'il pénétra dans la salle où se pressaient des ambassadeurs. Il se prosterna devant le khan.

Après les paroles de bienvenue et d'amitié de Kubilaï que traduisait un interprète, Vartan eut la permission de se relever et put à loisir fixer l'empereur en majesté. Au signe d'un chambellan, il comprit qu'il devait maintenant présenter ses hommages au conquérant souriant. Il lui offrit ensuite *L'Évangile de Léon II*, puis dévissa la fiole d'huile, la tendit à Kubilaï en affirmant de façon mensongère que ce liquide avait été consacré par le pape. Mais que pouvait bien signifier cela pour Kubilaï? L'empereur en écrasa quelques gouttes entre ses paumes comme on le fait d'un parfum. Bien que l'huile eût ranci, le khan en respira les effluves avec un plaisir évident. Il remercia des présents et l'entretien s'acheva. C'est beaucoup d'attendre douze mois pour cinq minutes de civilités, conclut Vartan.

Un festin suivit l'audience, au cours duquel on absorba des quantités invraisemblables du vin des vignobles récemment plantés en Chine, d'eau-de-vie de riz, d'hydromel, de bière d'orge et de koumys. A l'instar de ses sujets, le khan buvait sans mesure. Ses médecins l'avaient prévenu des conséquences fâcheuses que pourraient avoir ces excès sur son organisme, mais il n'en avait cure. Aussi, ses jambes n'étaient-elles qu'une enflure, son sang s'épaississait, et son cœur cognait violemment dans sa poitrine. Mais Kubilaï, imperturbable, festoyait face aux tables dressées pour ses femmes et ses capitaines. L'ébriété était générale. Vartan se serait cru dans une auberge d'Ayas ou de Tabriz. Il y avait déjà quelque temps que Kubilaï se tassait sur son trône, présentant à ses courtisans l'image d'un vieux roi épuisé. Néanmoins nul ne se serait aventuré à quelque familiarité envers lui ni à se moquer de celui qui se targuait d'être le maître du monde, car l'œil du souverain toujours les observait, perçait leurs secrets, les jugeait. Sous ce regard froid, tout ce avec quoi Vartan s'était cuirassé s'évanouit : aussitôt fondirent l'ardeur ambitieuse de Montefoschi et la rudesse d'attitude de Hovsep; s'enfuirent la maîtrise de soi et la patience qu'Arnaud de Roanne avait su lui léguer; même sa fierté naturelle l'abandonna. Ne lui resta plus que sa foi en la prédiction du Vénitien.

XXXIV

La tribu des Taidji'out était devenue l'élue. C'est avec elle, entre autres, que Gengis Khan avait fêté ses premières victoires, avec elle qu'il avait partagé le butin. Cet honneur avait fait de ses membres les aristocrates d'un nouvel empire. On les appelait les Purs ou les Fils de la lumière. Jebe était l'un d'eux.

Huit mois avant l'audience accordée à Vartan, Jebe avait assisté à l'humiliation publique ordonnée par Kubilaï à l'endroit de Jirüki, son père. Cette scène s'était déroulée pendant les Calendes, cérémonies qui avaient lieu au mois de février. Lors des banquets, les meilleurs guerriers mongols réclamaient au khan, en récompense de leurs derniers exploits, une ou plusieurs seigneuries, et les demandes étaient satisfaites. Mais Kubilaï avait balayé d'un geste celle de Jirüki, accompagnant même son refus par un regard où se conjuguaient un mépris cinglant et un courroux de mauvais augure. Comme l'empereur n'était pas homme à justifier ses décisions, Jirüki ignora la cause de ce discrédit.

Toute disgrâce se concluait la plupart du temps par une exécution. Cette fois-ci pourtant, elle n'eut pas lieu. Jirüki, bien après les Calendes, s'attendait toujours à ce qu'on vînt l'arrêter, mais on semblait avoir oublié son existence. Il aurait préféré qu'on lui tranchât la tête plutôt que de subir cette mise à l'écart. Il en conçut du désespoir et désormais se morfondit. Voir ainsi son père rongé de douleur altéra singulièrement le caractère de Jebe. Il devint ombrageux, pensif et parfois raisonneur. Au fond de son cœur, le jeune homme commettait un sacrilège : il jugeait l'empereur.

En octobre, Jirüki prit une décision extravagante qui devait être fatale plus tard pour son fils : seul, il s'enfuirait un matin en direction de Karakorum, l'ancienne capitale de Gengis Khan. Il désirait gagner le Nord, à l'orée d'une forêt millénaire où ses aïeux avaient été enterrés, loin d'un maître ingrat. Avant son départ, il donna à Jebe la nostalgie d'un temps où toutes les lois gengiskhanides étaient respectées. Lui aussi se permit de juger Kubilaï en se désolant qu'un empereur mongol pût se siniser à outrance jusqu'à négliger les coutumes de son peuple. Si l'on n'y prenait garde, ce scandale entraînerait la fin d'un monde. Volontairement, ce père sema en son fils les germes de la révolte, car un songe l'avait averti que Jebe rassemblerait en Chine l'armée qui renverserait un khan traître à l'esprit de ses ancêtres. Depuis son humiliation, Jirüki n'avait plus la force de combattre, seule l'animait celle de mourir. Comme il l'avait décidé, il s'enfuit de Pékin aux premiers froids de novembre. Sa brutale disparition, pensait-il avec justesse, ferait aussitôt naître chez son fils le soupçon que Kubilaï en était l'auteur. Alors Jebe n'hésiterait plus à venger son père.

A l'étonnement de tous, la soldatesque impériale n'arracha pas Jebe à son foyer pour lui faire avouer sous la torture les machinations et le lieu où le fugitif se cachait. Étrangement il pouvait se déplacer dans Pékin comme il l'entendait. Mais un matin, il eut la surprise d'être servi par des valets et des chambrières qui lui étaient inconnus. Leur discrétion, leur obséquiosité, leur style parfait évoquaient sans conteste les serviteurs de Kubilaï. L'isolement commençait. Il fut total lorsque parentèle et compagnons de beuverie déclinèrent par l'intermédiaire de leurs domestiques les invitations de Jebe. Les rires, les braillements, les danses appartenaient désormais au passé.

Cette proscription rapprocha Jebe de sa femme, Sogotaï. Si l'amour qu'il avait éprouvé naguère pour elle ne ressuscita pas, l'homme reprit cependant plaisir à s'étendre près d'elle, à la caresser, à la posséder.

Mais la consomption minait cette femme douce, humble, fervente et sujette aux visions. L'une d'elles lui avait révélé que Jirüki se dirigeait vers Karakorum. Elle s'était alors empressée de la communiquer à son mari. J'ignore s'il est poursuivi, précisa-t-elle. Par prudence, les deux époux n'évoquaient jamais Jirüki devant la valetaille. Mais au coucher du soleil, une fois retirés dans leur chambre, Sogotaï, à la lueur d'une torche, étalait des bûchettes sur le sol. En désignant chacun de ces morceaux de bois, elle disait : voici le désert, voici la steppe, voici la fatigue, voici la peur, voici l'espoir. Puis elle avait eu sa vision. *Il* est vivant, *il* est seul, *il* approche des terres sacrées, avait-elle marmonné. Un soir, elle ajouta : voici la ville et voici la fin de la route. Réjouissons-nous, *il* a atteint son but, *il* connaît la joie.

Cette nuit-là, après l'amour, Jebe promit à sa femme qu'il ferait d'elle la nouvelle impératrice des Mongols.

Sogotaï avait beaucoup fréquenté les chamans jusqu'à son mariage, et son père était un conteur fameux. Parce que Jebe partageait la plupart de son temps entre la cour, les ripailles et les missions militaires, elle avait rarement eu l'occasion, ces dernières années, de lui transmettre son savoir. Mais maintenant que Kubilaï ne le réclamait plus et qu'amis et parents avaient déserté leur demeure, elle parlait à son mari de Tengri, le dieu des dieux, des épousailles d'un loup bleu et d'une biche, les ancêtres de leur peuple, et des conquêtes de Gengis Khan. Il s'endormait émerveillé, rêvant d'être le guerrier qui posséderait cent mille têtes de bétail et trois cent mille chevaux ; il voulait être le maître du monde.

Parfois, à son réveil, Jebe avait en mémoire le visage d'un Arménien qui s'était présenté au khan comme envoyé du pape et du roi de Cilicie. C'était la dernière fois qu'il avait pénétré dans le palais impérial, quelques semaines avant la disparition de Jirüki. Ce même jour, il avait entendu des marchands assurer que l'Arménien était un magicien, qu'il avait métamorphosé une caravane en serpent de feu, qu'il avait traversé le Pamir sans souffrir du froid, et le Sin Kiang sans connaître les affres de la soif et de la faim. Jebe aspirait à revoir cet homme dont il saurait peut-être utiliser les pouvoirs afin de réduire à néant le règne de Kubilaï.

XXXV

Le quartier où résidaient les étrangers se situait dans un faubourg de Pékin. Un matin, Jebe en prit le chemin. Dès l'aube, Sogotaï avait observé avec tristesse son époux se vêtir en prince et se parer comme s'il se rendait à la cour. Elle savait qu'un visage le hantait et qu'il partait à la recherche d'un homme qui l'éloignerait d'elle à jamais, car des roseaux l'avaient avertie que Jebe rencontrerait aujourd'hui même un moine venu d'Occident qu'il aimerait. C'était Tengri qui lui avait donné la faculté de dialoguer avec les feuillages et les animaux et l'avait investie du pouvoir de percer au jour les secrets des êtres et des choses. Une fois seule, elle prépara une infusion de plantes diverses qui, bue à la même heure quarante jours durant, assurait d'une mort certaine. A la première gorgée de cette brune décoction où macéraient de minuscules feuilles pourpres, ses joues se couvrirent d'une rougeur vineuse et son corps frémit. Sogotaï s'arc-boutait comme pour lutter contre un vent fort. Dans sa gorge coulait un feu. Et quand le feu s'éteignit, elle eut des larmes chaudes qui brûlaient ses paupières. Puis, apaisée, Sogotaï songea à ses trois enfants mort-nés, au devoir qu'avait Jebe d'engendrer des fils, à son passage sur terre qui serait éphémère, à l'amour qui lui donnait une densité. Elle attendait déjà avec impatience son rendez-vous quotidien avec une cassolette où flottaient quelques minuscules feuilles pourpres.

Jebe venait de passer l'une des douze portes de Pékin. Et cette capitale qu'il avait parcourue tant de fois avec plaisir, aujourd'hui il la haïssait. Sous l'influence de Kubilaï, elle était devenue le symbole du renoncement des Mongols à l'errance et par voie de conséquence aux conquêtes. Il n'y avait pour le vérifier qu'à voir ces guerriers autrefois par monts et par vaux qui maintenant pour la plupart préféraient la vie de cour aux chevauchées. L'amollissement était général. Mais grâce à lui, Jebe, ce temps s'achèverait. Il redonnerait à tous le goût du carnage et des brasiers. La vie serait de nouveau âpre et exaltante. S'il avait une torche, il mettrait à l'instant même le feu à ces demeures, à ces entrepôts, à la ville entière.

Il erra longtemps dans les faubourgs de Pékin avant de découvrir le caravansérail où logeait l'Arménien. Sans se faire annoncer, il entra dans la chambre de Vartan et trouva ce dernier couché, les lèvres fardées, les tablettes d'or reposant sur sa poitrine nue. Il dormait. Jebe resta à la tête du lit sans proférer un mot ni faire un geste. Ce dormeur qui le troublait devait ressembler à ces garçons, fils de princes vaincus, que Kubilaï attachait parfois à sa suite et qu'il élevait un bref temps au rang de favori. Cette pratique-là, Jebe ne la condamnait pas. Il s'imaginait même déjà empereur accompagné dans tous ses déplacements par cet homme qui en plus d'être son préféré effraierait ses ennemis par ses sortilèges. Il avança et toucha légèrement l'épaule nue. Ce simple effleurement suffit à réveiller Vartan qui ne parut pas outre mesure surpris de la présence de cet inconnu. Mais cet homme, au lieu de le caresser, se mit à parler. Comme il ne comprenait goutte à son discours, il appela un valet pour qu'il allât quérir un interprète. Jebe n'attendit pas la venue du traducteur. Dans un élan de confiance, il exposa ses ambitions et livra ses rêves. Quand l'interprète arriva enfin, Jebe l'utilisa pour déclarer qu'il serait dans neuf jours ici même et que cette fois-ci il se tairait pour entendre de la bouche de Vartan le récit de ses aventures. Ensuite, il prit congé.

La veille de sa deuxième visite, Jebe fut convoqué par Kubilaï. Sogotaï consulta les astres et déclara que le mensonge présiderait à la rencontre.

Dans la salle où d'ordinaire l'empereur discutait, parlementait avec ses généraux et les ambassadeurs de toutes les royautés du globe, Kubilaï était seul avec Jebe et lui apprenait la mort de Jirüki. Il est des routes fatales aux traîtres, dit-il. Une troupe qu'il avait lancée sur les traces du fuyard – par quel autre nom désigner un tel homme ? – s'était emparée de Jirüki aux portes de la ville d'Ejinaki. Hébété de fatigue, il n'avait opposé aucune résistance aux soldats. Cet imbécile – voici encore un terme qui le définit parfaitement – égaré dans le vent et le froid, avait été décapité dès que pris. Il n'aurait pas de sépulture. Ses os blanchiraient comme ceux du chameau, du yack, de l'âne sauvage. Kubilaï haussa le ton : Ton père intriguait, je le sais. Et toi, iras-tu sur les traces de ce lâche et de ce fourbe ? Tu te tais. Fort bien. Si tu me braves, sache que je te frapperai en temps et en heure et que ton procès sera éclatant. Oui, je te briserai, toi le fils de Jirüki. Comme épuisé par sa colère et ses menaces, le khan se renversa brusquement sur son trône. Et c'est d'un geste sans appel qu'il ordonna à un Jebe impassible de se retirer.

Dans les rues de Pékin, Jebe parlait à voix basse à un invisible interlocuteur, son père. Il ne l'admettait que vivant. Rien ni personne ne pouvaient le persuader de sa mort, même pas l'empereur. D'ailleurs, Sogotaï l'avait affirmé : Jirüki était parvenu à Karakorum. Avait-elle une seule fois mal interprété ses rêves prémonitoires, ses visions ? Non, jamais. Il avait foi en elle, en ses dons, en son intégrité. Tandis qu'il tressait ses éloges, d'entre les cuisses de sa femme, moite de fièvre et le teint jaune, s'écoulait une humeur brune à l'odeur de foin pourri. Ses chairs fondaient et sa peau devenait si transparente qu'on pouvait voir les battements de son cœur s'affoler. On eût dit un gisant de verre. Elle s'enfonça dans une nuit intérieure ineffable. Elle agonisait, mais ne souffrait plus. Elle mourut enfin et ce fut l'instant où Jebe eut l'impression d'être foulé par un cheval fou.

XXXVI

La mort de Sogotaï priva Jebe des conseils qu'elle lui prodiguait sans compter et qui tempéraient ses révoltes, ses fureurs, son besoin de vengeance, toutes les ardeurs d'un jeune homme peu enclin à la mesure et à la patience. Maintenant livré à lui-même, il risquait de commettre des imprudences, d'agir sans discernement, de provoquer stupidement Kubilaï et de s'attirer ses foudres. Mais il y avait fort heureusement Vartan auprès duquel il retournait chaque jour et qui, par sa douceur, sa fantaisie, ses grâces de femme, le distrayaient du déclin de l'empire et de la nécessité de l'enrayer.

Les deux amis s'enseignaient l'un à l'autre leur langue, exploraient le vocabulaire des marchands, des bergers, des guerriers et des amants. Jebe éprouva de la joie à décrire en arménien les herbes et les chevaux, le vert des pentes douces et le noir des arbres clairsemés. Il jura de faire de Vartan un guerrier et celui-ci, pour lui plaire, promit de s'initier au tir à l'arc, d'apprendre l'art de trancher les têtes et de réduire les villes en cendres. Mais il regretta aussitôt ses promesses : la guerre lui répugnait, la violence le terrifiait. Ils n'étaient pas de la même espèce. En refusant de se convertir en soldat, il ne saurait que le décevoir. Alors, qu'en serait-il de cet amour ? De quel monde inconnu parlait donc Montefoschi dans son manuscrit ? Et vers quel destin Jebe l'entraînait-il ? Il reculait à l'idée de devoir apporter des réponses et choisissait d'occulter l'avenir. Et puis, ne suffisait-il pas de jouir du présent ?

Leur intimité eut une éclipse de plusieurs semaines, lorsque Kubilaï invita Vartan à visiter la ville de Hangzhou. Ainsi, de retour en Cilicie, le miniaturiste pourrait raconter à son roi les merveilles qu'offrait au regard la plus belle cité du royaume. Le souverain l'engageait également à noter les remarques que l'état du commerce fluvial et maritime, l'organisation de l'approvisionnement, les lois réglant la vie quotidienne lui suggéreraient. Le regard d'un étranger comptait pour l'empereur, car il permettait de comparer deux conceptions du monde, ce qui est parfois source d'enrichissement.

Dès le lendemain de son arrivée à Hangzhou, un officier, comme il en serait chaque jour de même, le mena sur le port, puis sur les marchés, enfin dans l'antre des négociants les plus fortunés. Vartan enregistrait mentalement mille détails, mille étrangetés, mille trésors exposés et, le soir, il les couchait par écrit sur un rouleau de soie. Mais il n'était pas Montefoschi. Faute d'observations judicieuses et pertinentes, on ne pouvait tirer de ses notes la moindre réflexion, la moindre conclusion. Vartan s'en moquait autant qu'il était indifférent aux splendeurs de Hangzhou. En fait, son esprit vagabondait sans cesse vers Pékin, vers Jebe.

Vartan résida là deux mois. Le jour de son départ, une appréhension le saisit : et si Kubilaï avait utilisé son absence pour faire exécuter son ami ? Lorsqu'il se hissa sur son cheval, étaient déjà gommés de sa mémoire les cent mille tours de la cité des Song, ses douze mille ponts, ses canaux et ses innombrables embarcations, ses quais où se prélassaient les courtisanes, les ruines noires de son palais impérial autrefois ravagé par un incendie, ses jardins, ses places et ses avenues, ses artisans qui vendaient le lièvre et le daim, la perdrix et le francolin, le chapon et l'oie, la pêche jaune et la pêche blanche, les épices et les perles. Il ne songeait qu'à Jebe.

A Pékin, l'Ami l'attendait. Mais tandis que Vartan arpentait les quais et égrenait au bout de sa plume les richesses de Hangzhou, Jebe épousait Töregene.

Il ne cacha pas à l'Arménien ce second mariage et sut prévenir toute jalousie en lui démontrant qu'il avait pris femme uniquement pour assurer sa descendance. Car le Mongol qui n'engendre pas de fils est peu considéré. Alors que dire d'un empereur, puisque tel il sera !

Töregene avait quinze ans. Elle était grasse, bavarde et mauvaise. Vaniteuse de sa beauté, elle se déplaçait dans les rues afin qu'on la remarquât. Bien que sensuelle et née pour être convoitée, elle plaçait la fidélité plus haut que toutes les autres vertus. Elle aimait peut-être Jebe autant que l'avait aimé Sogotaï.

Au milieu du large cercle de ses amies, elle déclarait avoir pour époux l'homme le plus satisfaisant de la terre. Pourtant tout le démentait : il répétait ses absences sans explication, la rudoyait si par hasard elle les lui reprochait ou s'obstinait dans un silence qui la pétrifiait. Töregene se disait de l'homme qu'il était plus mystérieux que la nuit la plus dense. Haïssant par nature les énigmes, elle cherchait à comprendre pourquoi il la négligeait. Elle demanda un jour à son frère Djamuka, qu'elle adorait, de l'aider à percer le secret de ces absences. Il promit vaguement, elle s'irrita de ce qu'elle sentait être une réticence à l'aider. Mais devant les supplications réitérées de sa sœur, il céda et consentit à jouer l'espion. Ce qu'il ne fit pas, car Jebe et lui s'appréciaient, se respectaient, s'étaient liés d'amitié. Il avait aussi entrevu Vartan et très vite mesuré la puissance de leur attachement. La comparaison entre sa sœur et l'Arménien n'était pas en faveur de la première, s'était-il dit. Peut-on préférer la grenouille au paon? En vérité, depuis toujours, Djamuka méprisait Töregene, qu'il jugeait sotte. Et cette idiote ne se rendait même pas compte de ses sentiments à son égard. Il lui mentit : Jebe, l'assura-t-il, intriguait auprès de certains courtisans pour être de nouveau convié à la cour. Comme elle aimait son frère, elle ne mit pas sa parole en doute.

Dix mois après ses épousailles, une nuit d'avril, Töregene accoucha d'un fils qu'on prénomma Boroque. Cette nuit-là, Jebe confia à Djamuka sa volonté de lever une armée qui rétablirait l'ensemble des anciennes lois et traditions mongoles et chasserait Kubilaï, l'empereur scandaleusement sinisé. Djamuka approuva ce désir d'un retour sans compromis au passé et se proposa d'être au commandement de ses troupes.

Le lendemain de cette naissance, Jebe, sans avoir ni intrigué ni supplié, rentra en grâce auprès de Kubilaï. Le khan lui offrit une vasque sertie de rubis et d'émeraudes que Jebe accepta sans pour autant cesser de se méfier. L'âge, pensait-il, accroît la ruse.

En mai, Kubilaï entreprit le traditionnel voyage vers Chang-tou. De Pékin au palais d'été, sa cavalerie l'escorta. Juché sur un char à deux roues tiré par quatre éléphants, le regard fixé sur l'horizon, il passait, indifférent aux bourgades, à tous ces feux allumés sur les seuils en son honneur. C'était son dernier voyage vers les vignobles et les jardins de Chang-tou, vers ce ciel cuirassé d'un bleu intense, vers le bel été pailletant d'or les toits, les murs et les cages où l'on enfermait aigles, gerfauts et sacres : le vieil empereur le savait. Pour preuve, il perdait le goût des femmes et des garçons, et plus grave, combattre, détruire, tuer le lassait. Et puis son corps le trahissait : sa vue faiblissait, ses membres tremblaient, son cœur s'affolait à tout instant. Souvent, il somnolait au lieu d'écouter les rapports de ses ministres, de rendre justice, de se réjouir d'une victoire. Et pis : il pleurait sans raison devant ses ambassadeurs, devant ses soldats, devant ses fils. Un jour, il avait entendu un de ses capitaines s'indigner de le voir oublier parfois qui il était. C'était bien le dernier voyage qu'il entreprenait. Épouses, concubines, progéniture née de la semence impériale, mages et moines formaient son cortège. Jebe en était, Töregene à ses côtés, leur fils dans ses bras.

Jusqu'à Chang-tou, elle fut maussade, sombre, cherchant querelle pour un oui pour un non, ruminant d'âcres pensées. C'est que peu avant le départ elle avait appris, par l'indiscrétion d'un de ses cousins, à la fois les amours de Jebe et la fausseté de Djamuka. Elle comprenait enfin la froideur de l'un et les dérobades de l'autre. Et ce cousin charitable s'était délecté à lui rapporter les propos que son époux tenait sur elle. Sans cervelle, infatuée de sa personne, monstrueusement jalouse, ambitieuse sans en avoir les moyens, voilà ce qu'il disait. Ce n'était pas tout : il lui réservait un avenir guère enviable. Dès qu'elle aurait enfanté plusieurs fils – il faut être prévoyant, non ? –, il la répudierait ou la reléguerait à un rôle subalterne, car il voulait que la terre entière reconnût comme son favori, son épouse, son meilleur ami ce roué d'Arménien, ce moine prostitué, cet intrigant de la plus belle eau. Elle ne permettrait pas qu'il en advînt ainsi. Jamais. Elle, Töregene, allait leur montrer de quel bois elle se chauffait. Comme Jebe, comme Djamuka, elle aimait les armes et le pouvoir. Haine, pugnacité dans la vengeance, cruauté : elle saurait se défendre, abattre qui rêvait de l'abattre.

L'été fut beau. Mais Kubilaï en ignora la splendeur. L'obsédaient sa mort prochaine et le choix d'un successeur. A la compagnie de ses guerriers il préférait celle des mages et des astrologues. A travers le flou de leurs prédictions, il percevait que la nuit venait à sa rencontre. Alors, il s'enfermait dans ses appartements et priait Tengri de lui donner le temps de préparer l'avenir de son empire.

A la fin du mois d'août, Kubilaï et la cour reprirent la route de Pékin.

XXXVII

Jebe et Djamuka vécurent un automne de grande activité. Ils organisaient des réunions secrètes au cours desquelles ils exhortaient les mécontents du régime à la révolte. Quelques princes s'étaient joints à eux, gagnés par l'idée que maintenir les lois mongoles en leur totalité était nécessaire. Conspirer, maudire, échafauder des plans occupaient les esprits, donnaient un sentiment d'importance à la jeunesse, redonnaient une jeunesse aux plus vieux.

Ce fut une étrange époque. Il semblait que Pékin ne fût plus la ville des espions. La suspicion maladive du khan vis-à-vis de ses sujets se relâchait. Mais peut-être n'était-ce qu'une illusion. Quoi qu'il en fût, on faisait comme si.

La santé de Kubilaï se détériora aux premiers jours de décembre. Des magiciennes coréennes avaient été appelées pour l'exorciser. La légende leur attribuait le don des miracles. Mais Kubilaï devait ruiner leur réputation. Leurs bruyantes conjurations furent impuissantes à ranimer ses forces. De lui ne survivait que son rire qui, au milieu de leurs cris, s'étoilait ; il allait frapper les quatre murs de sa chambre et son écho retentissait encore des colonnes au plafond bien après que les Coréennes avaient regagné leur patrie.

Kubilaï mourut en février de l'an mille deux cent quatre-vingt quatorze. L'annonce de sa mort atterra Jebe. Elle le privait d'égorger de ses propres mains un souverain méprisé, d'être le sauveur de l'empire. Et déjà, les princes qui s'étaient dits ses alliés tournaient casaque. Ses excès de langage, la démesure de ses ambitions, son peu de sens des réalités les avaient heurtés, les avaient amenés à se méfier d'un garçon que peu à peu ils jugèrent être une tête brûlée, un rêveur, voire un fou. L'élection de Temür Oldjaïtu les rassembla comme un seul homme autour du nouvel empereur, car on louait déjà sa tempérance, l'austérité de ses mœurs, sa fidélité aux lois gengiskhanides. Mais Jebe niait tout cela. L'accepter, ç'aurait été renoncer à son désir de régner un jour sur le plus grand empire du monde. Refusant de s'avouer vaincu, il fourbissait chaque matin ses illusions comme on fourbit des armes et réussit à convaincre Djamuka et quelques autres que le combat devait continuer, mais pas à Pékin. Le mieux serait de se réfugier pour un temps dans le Nord, à Karakorum, là où les attendait certainement Jirüki, là où il réunissait sans doute les tribus encore intouchées par les sirènes de la sinisation et là enfin se constituerait une armée qui saurait faire pâlir de peur ce Temür.

Trois mois après le début du règne du nouveau khan, Jebe et sa petite troupe de fanatiques quittèrent Pékin pour la Mongolie.

XXXVIII

Dix-huit hommes et femmes s'élancèrent donc sur les routes dans la certitude de tenir un jour ou l'autre les rênes d'un empire. Mais si l'aventure commença dans l'exaltation, elle se poursuivit dans la souffrance. Car parvenir à la terre des ancêtres n'est pas chose facile. Il y a des plaines arides à traverser et des cols à franchir, il y a le désert de Gobi et des fleuves torrentueux auxquels il faut s'affronter, il y a la faim et la soif qui tuent en soi tout espoir, il y a les garnisons impériales à contourner – ce qui oblige à rallonger le chemin –, il y a les chevaux qui renâclent à avancer, alourdis par les trésors emportés, il y a le vent qui brûle comme le feu et la pluie qui transperce, les nuits sans sommeil parce que rôdent autour du campement des bêtes étranges, des monstres, les dieux errants de peuplades jadis décimés, il y a des jours où le silence est tel qu'il effraie, il y a l'angoisse, la crainte de mourir, la sensation de ne pas valoir plus qu'une brindille, il y a les cris que l'on profère pour rien et il y a ces instants où l'on se dit que l'on accomplit une folie. Mais il y a aussi Vartan qui vous persuade de continuer, continuer encore et toujours, car rien n'est pire que le Pamir – dont l'on peut pourtant sortir vivant. Mais il y a Djamuka qui vous donne l'exemple : il avance, imperturbable, comme intouché par l'angoisse. Mais surtout il y a Jebe qui raconte la naissance de Gengis Khan, la misère qui longtemps fut sa fidèle compagne, sa certitude d'être bientôt le roi du monde, sa lutte contre l'incrédulité, la bassesse, la lâcheté, sa foi en son destin, ses premières victoires, ses amitiés et ses amours, sa fulgurante ascension, l'établissement enfin de son empire. Alors Jebe, transfiguré par son récit, apparaît comme le survivant et le continuateur de ce temps héroïque. Et l'on reprend courage, et l'on redresse la tête, et l'on suit ce prince qui vous guide vers la gloire.

Le printemps était à ses derniers jours lorsque Karakorum fut en vue. Pour l'atteindre, il ne suffisait plus que de passer à gué la rivière qui baignait les murs de la ville. Mais Jebe hésitait, lui qui pourtant avait tant rêvé d'y entrer. Des bâtiments de pierre et des yourtes blanches dressées ici et là, il sentait monter une menace. L'ancienne capitale lui fit l'effet d'un piège tendu par il ne savait qui. Il prit alors la décision de contourner la cité et de continuer vers l'est, d'autant plus que Djamuka l'avait persuadé qu'un homme du nom de Büri l'attendait non loin d'ici et que cet homme était leur allié. A la tête d'une petite armée, il rêvait lui aussi de restaurer le passé. On s'éloigna donc de l'ancienne capitale des Mongols. Ce n'était que partie remise, tentait de se rassurer Jebe.

La troupe bivouaqua sur le flanc d'une colline. Cette nuit-là, Jebe ne dormit pas. Accroupi près d'un feu, les bras croisés, soucieux, il fixait les flammes. Pourquoi cette appréhension devant Karakorum ? Pourquoi ce confus sentiment d'échec ? Pourquoi tout à coup cette peur sourde ? Et qui était vraiment Büri ? Un ami ou un vassal du khan ? Allait-on vers une ère nouvelle ou allait-on vers la désolation, la mort ? Mais comment répondre à de telles questions ? Le vent soudain se leva. Il roula sur la plaine, prit d'assaut la colline, assaillit les bêtes, réveilla les hommes endormis, se fit hache, soc, faux. Sous cette houle, les flammes se couchèrent, puis se redressèrent en sifflant. Elles étaient comme une grande fleur qui se déchirait.

Sur cette flamboyance, Jebe vit des images se chevaucher, se chasser l'une l'autre, s'éparpiller à tous les vents de la Mongolie. Il vit des hordes de chevaux, des troupeaux de moutons, des forêts, des lacs. Et ce ne fut pas tout. Il vit des hommes se battre bouclier contre bouclier, des blessés et du sang, des étendards noirs qui se déployaient et des sabres qui blanchissaient sous la lune. Il se vit aussi siégeant sur le trône du khan des khans. Pourquoi alors l'appréhension et la peur ? Mais il ne se résolvait pas à retourner à Karakorum. Quelque chose lui disait que ce serait fronder le destin, courir à sa perte. Et Büri ? Devait-on croire Djamuka lorsqu'il affirmait que ce chef de tribu était un homme loyal ? L'intuition de Djamuka lui faisait rarement défaut. Jebe en avait eu cent fois la preuve. Eh bien, c'était décidé. On irait à la rencontre de cet inconnu.

A l'aube, le vent s'apaisa, le feu finit de se consumer. Jebe se tourna vers Töregene. Quelle folie de l'avoir emmenée avec lui ! Elle le haïssait, son regard le clamait. Djamuka l'en avait aussi assuré pour l'avoir entendue à Pékin, lors des préparatifs du départ, tenter de jeter le doute parmi leurs compagnons. Il les conduirait à la catastrophe s'ils le suivaient, avait-elle déclaré. Mais on ne l'avait pas écoutée, car il est bien connu que les femmes par nature ont la langue perfide. Töregene avait alors ravalé son dépit. Que tenterait-elle de nouveau ? Impossible de le prévoir.

Boroque a la fièvre, dit-elle. C'est le vent, répondit Jebe. Boroque a la fièvre, répéta-t-elle. La cause n'en est pas le vent, mais Vartan, cet étranger que tu nous imposes. Il œuvre contre nous, je le sens. C'est le vent, reprit Jebe. Uniquement le vent. Le vent se calme, la fièvre va disparaître, et Boroque un jour me succédera.

Mais la fièvre progressa tout le jour. Au soir, l'enfant eut un spasme et mourut. Töregene s'enferma dans le silence des êtres absents à eux-mêmes. Ni larmes, ni cris, ni plaintes donc. Muée en pierre, elle laissa son époux lui enlever son fils pour aller l'enterrer, aidé de Vartan. Ainsi, non loin de Karakorum, l'on pouvait distinguer un minuscule tertre de terre fraîchement retournée : ce serait la seule trace du passage de cet enfant en ce monde. Djamuka eut un élan de tendresse : il caressa les cheveux de sa sœur. Ne me touche pas, murmura-t-elle. Il recula, comme effrayé par cette voix frémissante, animale, blessée. Et lorsque Jebe revint près de sa troupe rassemblée autour de Töregene, celle-ci eut un petit rire sec. Plus de fils, plus d'empire, plus rien, siffla-t-elle. Les hommes se regardèrent. Cette femme disait vrai, peut-être. Plus tard, dans la nuit, ils s'entretinrent à voix basse. Tengri abandonnait Jebe. Mais les dieux ne donnent jamais de raison à leur colère, à leurs malédictions, à leur ressentiment. Ils agissent. Et voici que meurt brusquement l'enfant d'un prince. La petite troupe reniait Jebe, sans se l'avouer encore ouvertement. On songeait à Büri. Ce chef de tribu possédait de grands troupeaux, des armes en quantité, des concubines, des fils surtout. Dans les messages qu'il avait fait parvenir à Djamuka, Büri précisait l'étendue de ses richesses. N'était-il pas tout désigné pour être le futur maître de la steppe, de la Chine, d'un royaume entier ? Et n'était-ce pas ce qu'avait exceptionnellement signifié Tengri en privant Jebe d'héritier ?

Le comportement de Jebe cette nuit-là scandalisa ses guerriers. Il semblait vouloir ignorer la douleur de sa femme et n'éprouver lui-même aucune souffrance. S'étant retiré, il avait usé de son favori, comme si nul deuil ne l'avait frappé. Ils l'entendirent même rire, de ce rire qui fuse lors des fêtes.

Il les scandalisa de nouveau au matin et cette fois-ci plus profondément. Pour n'avoir pu se ravitailler à Karakorum, les vivres commençaient à manquer. Il annonça que chasser allait être nécessaire. Les lois gengiskhanides l'interdisent en cette saison, protesta-t-on, car du printemps à l'automne il faut laisser les bêtes procréer en paix. C'est toi qui transgresses ces lois que tu n'avais de cesse de vouloir maintenir ? C'est toi qui oses cela ? s'écria Djamuka. Nous chasserons, s'entêta l'autre. Vartan à son tour essaya de le raisonner mais ne réussit qu'à l'exaspérer. Pis, ce dernier lui reprocha avec mépris de le trahir. Je chasserai donc seul, décida Jebe, mais quand il s'apprêta à enfourcher sa monture, l'un de ses guerriers, Eldjigidaï, l'en empêcha. Non, tu n'iras pas. Devant les autres qui s'avançaient vers lui, hostiles, la main au sabre, Jebe enfin céda. Je n'oublierai pas, lança-t-il. Vous m'en rendrez compte demain ou dans dix ans.

XXXIX

Djamuka aperçut les trois étangs qui se succédaient en ligne droite vers l'est. Ils annonçaient, comme un messager à Pékin l'en avait instruit, qu'on se rapprochait du camp de Büri. Les étangs dépassés, de longues piques aigrettées de plumes et fichées dans le sol balisaient le chemin qui y menait.

La dernière lance était plantée au sommet d'une des cinq collines clôturant la plaine où Jebe devait rencontrer celui qui était censé l'attendre. Mais sur l'étendue d'herbe ne se dressait qu'une unique yourte, blanche. Devant, pas le moindre cheval entravé, pas la moindre silhouette d'homme, de femme ou d'enfant. Le silence rappelait celui qui enveloppait Karakorum. C'était le silence qui précède la sentence, qui pèse sur les armées juste avant l'engagement des combats, qui entoure les dieux.

Jebe scrutait le paysage, et surtout cette tente de laine comme oubliée sur la plaine, énigmatique et dérisoire. La troupe se pressa derrière lui, car il impressionnait de nouveau, immobile, hautain, impérial. Il n'était plus aux yeux de ses compagnons l'insensé et le sacrilège qu'il avait été le jour qui suivit la mort de son fils. Lui seul, pensait-on, saurait interpréter l'étrange calme du lieu. Guet-apens ou farce ? demanda Jebe à Djamuka. Ce dernier resta muet. Faisons demi-tour, proposa Eldjigidaï. Jamais, rétorqua Jebe. Toi et Hülegü, vous irez patrouiller de l'autre côté de ces collines afin de vérifier qu'il n'y a pas de ralliement de guerriers. Tandis que les deux cavaliers s'éloignaient, il reporta son attention sur la plaine, comme fasciné, comme s'il percevait l'invisible. Quand les deux hommes s'en revinrent, ce fut pour déclarer qu'ils n'avaient rien observé de suspect. Pas âme qui vive, pas même un lièvre ni un âne sauvage. Alors, farce ? ironisa Jebe. Et sans attendre la réponse, il dévala la colline et se dirigea vers la yourte.

Il en souleva la portière, Vartan et Djamuka sur ses pas. Pour tout mobilier, la tente ne contenait qu'un tapis soigneusement roulé d'où montait une odeur de charogne. Avec de grands gestes saccadés, Jebe déroula le tapis qui livra le cadavre de Jirüki. Il eut un cri qui évoquait le hurlement du soldat mortellement frappé par la flèche, se courba vers la dépouille et se laissa enfin aller aux gémissements. Il sut soudain ce que signifiait de voir la ténèbre au cœur du jour, il éprouva la fulgurance de la douleur et comprit qu'elle ne le quitterait jamais. Puis il voua Büri au poignard, car qui d'autre aurait pu accomplir ce forfait, et voua au feu tous les empires du monde.

Une nuit de veille, de prière et de vent regroupa tous les hommes et les quelques femmes de la troupe autour d'un maigre feu. Pas un arbre pour l'alimenter, et les broussailles étaient rares. Jebe en sa nuit de détresse voulait un brasier, des bûchers, l'incendie des plaines ; il voulait un feu haut comme une tour ; il voulait répandre sur la terre entière la terreur. Aussi lacéra-t-il à l'aurore la yourte et lança-t-il dans les flammes des lambeaux de feutre. Le feu alors, à l'égal du soleil, repoussa les ténèbres.

Le ciel était à l'orage et le ciel était un dieu. Ce fut Djamuka qui vit le premier une frise de cavaliers se dessiner sur trois des six collines. Jebe se souvint des conseils de son père : si l'ennemi te surprend et si tu es en nombre inférieur à lui, l'unique solution pour éviter la défaite, c'est de dresser entre vous deux un rempart de flammes. Ce qui fut accompli aussitôt. Mais Tengri ne devait pas être ce jour-là l'allié de Jebe : la pluie se mit à tomber. Alors les cavaliers, Büri à leur tête, dévalèrent les collines. Devant cette armée, Jebe ne put qu'ordonner la fuite.

Les flèches volaient en si grand nombre que le ciel s'obscurcit. La foudre frappa un buisson et sema la terreur autant parmi les fuyards que parmi les poursuivants. Les cris de guerre s'étranglèrent dans les gorges. On remit les flèches dans le carquois. L'orage s'éloignait et le silence se déploya. Jebe s'avança vers une armée statufiée et son chef interdit. Il arrêta sa monture à vingt pas de Büri qu'il toisa d'un regard où se nouaient la fureur, l'orgueil et l'insolence. Puis il fit volte-face, se mêla à ses compagnons et la troupe s'élança dans le passage entre deux collines.

Ils galopèrent longtemps sur une terre boueuse. Derrière eux, mais à une certaine distance, le bruit de mille sabots et plus s'accroissait de celui de clameurs. Ce fut ainsi pendant des jours et des jours.

Un matin, tout se tut. Cependant, la poursuite continua en eux. Mille sabots et plus labouraient leurs rêves, les flèches sifflaient, les cris retentissaient. Ils s'éveillaient en sursaut et dans leurs yeux se lisait la peur. Jebe les moquait, les plaignait d'être sourds, les malmenait. Souvent, dans la nuit, il les arrachait à leur sommeil en les houspillant. N'entendaient-ils pas gronder le sol, se rapprocher les hordes de chevaux ? N'entendaient-ils pas vociférer Büri et n'entendaient-ils pas des chants guerriers ? Il s'acharnait principalement sur Djamuka et Vartan. Le premier s'était comporté comme un idiot en croyant aux protestations d'amitié de Büri, le second avait tremblé comme une femme lorsque les cavaliers avaient envahi la plaine. Maintenant, le premier parlait de renoncer à leur course folle, de retourner à Pékin, de faire acte de repentance auprès du khan, et le second niait avoir promis de manier les armes, de se saouler à l'odeur du sang, car – et Jebe l'avait oublié – l'étranger est par nature parjure, de peu de confiance. Oui, on fuyait pour l'instant, mais bientôt on rejoindrait ces cohortes de Mongols qui espéraient leur venue dans le Nord. Depuis des années, elles attendaient le maître suprême, elles l'attendaient, lui, Jebe, il en était certain. Ces hommes étaient dans tous ses rêves. Et les rêves de Jebe ne mentent pas.

Ayant dit, il quitta Djamuka et le moine pour Töregene à laquelle il reprocha d'avoir été insensible à la mort de son père. Mais il ne s'en étonnait pas : elle avait pour habitude de maudire les valeureux. Attirée par la bassesse, elle leur aurait préféré sans doute Büri et sa fourberie, ses fils sans honneur, ses capitaines éhontés. Elle ne réagit pas à ces accusations. Elle semblait très lasse, indifférente, presque inconsciente.

La troupe avait abordé la région des forêts.

Pour ménager les chevaux épuisés, des haltes répétées s'avéraient nécessaires. Et puis la faim tenaillait les hommes. Ils la trompaient en se gavant de baies et de racines. Quand le temps des chasses serait revenu, et en conséquence leurs forces, alors, pensaient-ils, ils fausseraient compagnie à Jebe, retraverseraient les plaines et le désert de Gobi, retourneraient droit en Chine.

Durant ces haltes, Vartan ramassait des airelles qu'il offrait à Töregene. Il n'ignorait pas qu'elle l'avait tenu responsable de la mort de son fils, mais à la voir ainsi, les joues creusées, les yeux clos, le corps avachi, il ressentait pour elle quelque pitié. On pactise avec la garce, l'ami ? persiflait Jebe. Une fois, celui-ci palpa le torse et les bras de Vartan et conclut son examen par un rire humiliant et tragique. Petit moine né pour la ville, petit moine qui aime les femmes sans vergogne, chantonnait-il. L'Arménien ne put jamais se justifier auprès de Jebe : celui-ci l'interrompait toujours. Malgré tout, L'Arménien continuait à aimer cet homme qui le calomniait.

Le lait gonfla soudain le sein des femmes. Elles pressaient leur poitrine en geignant. Il en coula aussi de cent petites plaies qui s'étaient formées sur leur corps. Le lait tarit, ces plaies s'envenimèrent, les femmes s'affaiblirent, la mort conclut. Leurs époux les veillèrent, leur donnèrent sépulture, puis s'enfoncèrent dans la forêt. Avant leur départ, ils avaient fait amende honorable à Töregene que le mal avait épargnée : elle les avait mis en garde contre son mari, ils étaient passés outre à ses avertissements et tout depuis avait été déception, folie, malédiction.

Cette fuite des époux, comme on l'appela désormais, provoqua la débâcle des autres. Nostalgique de la terre chinoise sur laquelle il était né, rongé par le remords d'avoir abandonné femme, enfants et concubines pour un fou, Eldjigidaï s'esquiva un matin. L'absence de ce dernier, de sa fraternelle sollicitude à leur égard, de sa vitalité, anéantit Tolun et Djelme. Ils hésitèrent plusieurs jours avant de se décider à reprendre le chemin qui mène aux fleuves plus larges que des mers, aux champs plus infinis que les plaines mongoles, à la cité du khan. Et puis ce fut au tour de Godan le timide, de Sartaq le fouineur, d'Orda le généreux d'enfourcher leurs chevaux et de se fondre dans les brumes aurorales.

Jebe ne les regretta pas. Ces ingrats, ces couards, ces timorés ne valaient pas la peine qu'on les pleurât. Bon voyage et adieu.

Ulcéré par les sarcasmes de Jebe, ayant perdu tout espoir en un avenir glorieux, Djamuka voulait fuir lui aussi, mais auparavant il désirait soustraire définitivement sa sœur à l'emprise de ce dément. Ils iraient rejoindre la Horde d'Or ou de lointains parents résidant en Perse, car il se faisait peu d'illusions quant à la clémence de l'empereur.

Une nuit, Jebe le surprit chargeant sa monture et celle de sa sœur de quelques hardes et provisions – sanguisorbes, avelines, glands, oignons. Si tu me quittes, ce sera sans armes, sans fourrures, sans vivres, sans rien, dit-il. Et sans Töregene. Car sépare-t-on des époux ? Sur ces mots, il renversa méchamment de sa lame les ballots qui s'éventrèrent sur le sol. De fureur, Djamuka dégaina son sabre. On s'injuria, puis on croisa les fers. De force égale, les deux hommes s'affrontèrent longtemps à la lueur de l'unique feu. Parfois, ils s'en écartaient. Alors, l'obscurité les enveloppait et seuls leur souffle, l'entrechoquement des armes révélaient qu'un combat avait lieu. Peu avant l'aube, le feu s'éteignit, le brouillard nappa le sol, les arbres et ces deux guerriers qui semblaient se battre pour l'éternité.

Quand le jour enfin se leva, l'un d'eux poussa un cri et s'affaissa. C'était Djamuka. Hébété, Jebe regarda un temps le corps étendu, puis eut vaguement conscience du piétinement des chevaux, du vent dans les feuillages, de l'éveil des oiseaux, du froid, de la lumière. Tout était comme il devait être : le monde renaissait des ténèbres et la victoire revenait à celui qui avait âme d'empereur. Il sourit. Il était plus que jamais prêt à continuer vers le Nord, vers cette province où son père affirmait que les ombres sont fidèles, où les morts sont foule, où l'on règne serein sur des armées silencieuses, où la trahison, l'amour et la souffrance ne font plus loi. Père, était-ce donc dans ce pays que vous désiriez-vous rendre ? murmura Jebe. C'est alors qu'il perçut des pas : Vartan s'approchait. Durant le combat singulier de cette nuit, il avait oublié l'Arménien. Là où il allait, il n'avait nul besoin de compagnon. On y va seul, disait encore Jirüki. Avant que Vartan eût pu prononcer un mot, il lui ordonna avec peut-être une légère émotion, avec – cela était évident – une ferme douceur, de prendre armes, fourrures, vivres et de le quitter. Mais il redevint brusque, méprisant, plein de rage lorsque son ami le supplia de n'en rien faire. Il le frappa même au visage. Puis comme s'il tentait d'échapper à quelque danger, il courut à son cheval, l'enfourcha et s'éloigna au triple galop.

Il s'était élancé à sa poursuite, il avait essayé de le rejoindre et il avait échoué. C'est ainsi que Vartan se retrouva dans un paysage où de hautes pierres se dressaient ici et là comme des stèles. Il connut alors la solitude absolue, les larmes que rien ne semble épuiser, le désespoir en somme. Infiniment las, il s'étendit au pied d'un de ces cippes providentiels.

Le froid du soir étrangement l'apaisa. D'un doigt, il effleura la pierre comme on effleure le sable pour y tracer des signes, rêvant de peindre sur un grand mur blanc le couvent de Sguevra et la caravane au départ de Sis, son père et Héthoum, Montefoschi et Hovsep, les cols du Pamir et le désert du Sin kiang, l'arbre sur la place de Ganzhou et Kao Hsüan, Kubilaï et Jebe, le Gobi et les plaines de Mongolie, la mort de Djamuka et Töregene abandonnée dans la forêt. Il fit un effort pour se redresser : il lui fallait un lieu calme, un lieu où pouvoir réaliser ce grand œuvre qui réunirait en une unique vision les rois et les aventuriers, les sages et les fous, les anges du ciel, les créatures de la nuit et les splendeurs de l'univers ; toute une vie surgirait, à la fois apothéose et évocation de l'enfer. Soudain, il ressentit au cœur la même douleur que celle éprouvée autrefois sur les terrasses d'Erzincan. Il vacilla, puis glissa lentement vers le sol ; ferma les yeux, balbutia des mots sans suite – calame, monastère, amour ; entra en agonie et mourut.

XL

Après avoir longé des lacs, passé à gué des rivières, traversé des forêts, Jebe aborda une steppe à l'herbe rase, tranchante, glacée. Tout autre que lui aurait hésité à avancer sur ces terres où le soleil ne perçait jamais un ciel couleur de limaille, où le vent vous labourait sans cesse le corps, où les nuits semblaient devoir durer toujours. Mais Jebe n'était plus de ces hommes que l'obscurité terrifie. Au contraire, l'exaltait la vue de ce monde hostile, car il savait qu'il avait pénétré dans la Province des Ténèbres – ainsi l'appelait Jirüki –, et c'était là qu'il serait enfin sacré empereur. Et même lorsque son cheval s'abattit sous lui, il ne renonça pas.

Plus rien ne ralentissait sa marche de forcené, ni la faim, ni la soif, ni le froid : il était indifférent à ces maux. Pourtant, un soir, ses forces le trahirent. Il se laissa tomber à terre et perdit aussitôt conscience. Quand il se réveilla, il se trouvait dans la hutte d'un homme qui appartenait à la tribu des Corbeaux, l'une de celles qui peuplaient la province des Ténèbres. Sans un mot, celui-ci le fit boire, le nourrit, le recouvrit de fourrures, attisa le feu de tourbe et le veilla la nuit durant. Mais le lendemain, tout le clan l'obligea à chasser cet étranger en guenilles, hâve et le regard fou, parce que sa présence avait d'étranges effets sur certains : leurs membres étaient pris de tremblements, comme ils le sont à l'approche des démons de la toundra.

Jebe rencontra sur sa route d'autres tribus. Toutes n'eurent pas à son égard la même attitude que celle des Corbeaux. Les Tétras le vénérèrent comme un dieu, les Oies voulurent l'initier à la chasse à l'aurochs, et l'homme le plus riche des Cygnes l'invita à partager son étuve. Ce dernier l'aima comme un fils et lui proposa d'épouser sa fille. Rien ne put lui ôter cette idée. La nuit qui précéda les noces, Jebe entendit au-dehors comme un appel. Aussitôt il sortit de sa hutte et distingua à l'orée du village des ombres qui se mouvaient sur la neige tombée depuis plusieurs jours. On l'attendait. Devant lui se dressait l'armée dont avait parlé Jirüki. C'était le plus grand rassemblement de cavaliers qu'il eût jamais vu, tous guerriers mongols morts au temps de Gengis khan sur les champs de bataille et aux portes des villes, milliers de fantômes venus à sa rencontre pour l'accompagner jusqu'aux confins du monde. Alors il abandonna le village endormi, reprit la route du Nord, suivi par la horde fabuleuse.

Il marcha ainsi des jours et des nuits. Il sut qu'il était parvenu au bout de son voyage quand l'armée des morts soudain s'arrêta. La province des Ténèbres se terminait ici. Au-delà commençait l'océan. Jebe compara cette étendue d'un vert obscur à une steppe qui serait infinie et il resta longtemps à la contempler. Puis il remarqua non loin de lui un bloc de glace dont la vue lui fit éprouver une joie extrême. Il dégaina alors son poignard, se mit aussitôt à tailler dans la masse. La lame, comme celle des épées de légende, ne se rompit pas et, sans doute par la volonté de Tengri, le jour triompha tant que Jebe œuvra. Mais le ciel s'obscurcit brusquement à l'instant où celui-ci posa son couteau. C'était un trône que le sculpteur venait d'achever. Quand il s'assit sur ce siège de glace, l'armée se tenait derrière lui, immobile, en vigie.

Dans la nuit il neigea, Jebe pencha la tête de côté et la neige l'ensevelit.

TABLE

PHÉBUS
libretto

des livres au format de poche
faits pour durer

MARCEL LÉVY
La Vie et moi

JOHN M. FALKNER
Moonfleet

VLADIMIR BARTOL
Alamut

ALAIN BOMBARD
Naufragé volontaire

DAPHNÉ DU MAURIER
Le Bouc émissaire
Mary Anne

CLAUDE SEIGNOLLE
La Malvenue

JEAN-BAPTISTE LABAT
Voyage aux Isles

T. C. BOYLE
Water Music

W. WILKIE COLLINS
La Dame en blanc
Pierre de lune
Sans nom
Armadale

LUDWIG LEWISOHN
Le Destin de Mr Crump
Crime passionnel

DEBORAH SCALING KILEY
Albatros

JEAN MALAQUAIS
Les Javanais

WILLIAM TREVOR
En lisant Tourgueniev

CHARLES MATURIN
Melmoth

AHMAD AL-TIFACHI
Les Délices des cœurs

CHRISTIAN CHARRIÈRE
La Forêt d'Iscambe

VICKI BAUM
Shanghaï Hôtel

HEINRICH VON KLEIST
La Marquise d'O... et autres nouvelles

MARTINE ROFFINELLA
Elle

SHUSHA GUPPY
Un jardin à Téhéran

CHRISTIAN DEDET
La Mémoire du fleuve
Le Secret du Dr Bougrat

GEORGE SAND
Consuelo
La Comtesse de Rudolstadt

OLIVE SCHREINER
La Nuit africaine

MEYER LEVIN
Crime

PATRICIO MANNS
Cavalier seul

ROBERT MARGERIT
L'île des Perroquets

NEIL BISSOONDATH
Retour à Casaquemada

MAURICE COYAUD
Fourmis sans ombre

JACK LONDON
Le Peuple d'en bas
Les Enfants du froid
John Barleycorn
(Le Cabaret de la Dernière Chance)
Patrouille de pêche
Le Fils du Loup
Le Vagabond des étoiles
La Route

LEO PERUTZ
Le Cavalier suédois

CHARLES SIMMONS
Les Locataires de l'été

MIKA WALTARI
Les Amants de Byzance

PIERRE MAC ORLAN
L'Ancre de Miséricorde

JAMES MORIER
Les Aventures de Hadji Baba d'Ispahan

MERIWETHER LEWIS
WILLIAM CLARK
Far West
I. La Piste de l'Ouest
II. Le Grand retour

La Poésie arabe

JOSEPH O'CONNOR
Desperados

SIR ERNEST SHACKLETON
L'Odyssée de l'« Endurance »

WALLACE STEGNER
Vue cavalière

ROBERT PENN WARREN
L'Esclave libre

ALEXANDER KENT
Cap sur la gloire
Capitaine de Sa Majesté

FERDYNAND OSSENDOWSKI
Bêtes, Hommes et Dieux

HELEN ZAHAVI
Dirty week-end

ROBERT MARGERIT
La Terre aux Loups

MAX AUB
Crimes exemplaires

SERGE FILIPPINI
L'Homme incendié

ROBERT LOUIS STEVENSON
La Route de Silverado

MATHIEU BELEZI
Le Petit roi

ANTOINETTE PESKÉ
La Boîte en os

NORMAN LEWIS
Le Sicilien

DOMAINE FRANÇAIS

AUX ÉDITIONS

PHÉBUS

(extrait du catalogue)

JEAN AICARD

Maurin des Maures, roman
Préface de Jean-Claude Izzo

L'Illustre Maurin, roman

MICHEL ALVÈS

Le Livre d'heures, récits

GEORGES ARNAUD

Les Oreilles sur le dos, roman

DANIEL ARSAND

La Province des Ténèbres, roman
En silence, roman

DOMINIQUE AUTIÉ

Le Bec dans l'eau, roman

BAPTISTE-MARREY

Le Roman crétois, roman

ANDRÉ BARRET

Sautecœur, roman

MARCEL BÉALU

Journal d'un mort, récits
Présentation de Georges-Arthur Goldschmidt

Contes du demi-sommeil, récits
Commentaire d'Antonin Artaud

L'Aventure impersonnelle, roman

Mémoires de l'ombre, récits

L'Expérience de la nuit, roman

La Vie en rêve, essai

L'Araignée d'eau, récits
Préface d'André Pieyre de Mandiargues

MATHIEU BELEZI

Le Petit roi, roman

Les Solitaires, roman

ROLAND BRIVAL

Le Dernier des Aloukous, roman

Bô, roman

Biguine Blues, roman

La Robe rouge, roman

PATRICK CARRÉ

Le Palais des nuages, roman

Yavana, roman

CHRISTIAN CHARRIÈRE

Les Vergers du ciel, roman

Mayapura, roman

La Forêt d'Iscambe, roman

ROBERT CHRISTOPHE

Marie-Tête d'Ange, roman

COLLECTIF

Première rencontre, récits
Le Cheval et l'Homme
20 écrivains rêvent

ALAIN DELBE

Les Iles jumelles, roman

JEAN-CLAUDE DEREY

Les requins ne mangent jamais les Nègres, roman

ANDRÉ DHÔTEL

La Route inconnue, roman
Lorsque tu reviendras, roman
La Vie passagère, poèmes

PHILIPPE DIOLÉ

L'Okapi, roman

PIERRE D'OVIDIO

La Vie épatante, roman

PATRICK DREUX

Elle m'attend, roman

CATHERINE ENJOLET

Princesse d'ailleurs, roman

SERGE FILIPPINI

La Vie en double, roman
L'Aquarium, roman
L'Homme incendié, roman
Comœdia, roman
Haut Mal, roman

LÉON FRAPIÉ

La Maternelle, roman

JAMES FULBERT

Rien à comprendre
Journal d'un utopiste, 1999-2000

PASCALE GAUTIER

Mercredi, roman

ANDRÉ GIDE-JEAN MALAQUAIS

Correspondance

JAMES GRESSIER

La Dernière Fugue, roman
Le Retour du chasseur, roman
Le Lièvre et le Lieutenant, roman

JEAN GRUAULT

Le Sang de Naples, roman

BERNARD JOUIN

De rizières et de pluie, roman

FRÉDÉRIC KLEIN

Tunnel, roman

MAURICE LEBLANC

Voici des ailes, roman

PIERRE LESTRADE

La Montagne des Singes, roman
Adagio, roman
L'Ile aux masques, roman

MARCEL LÉVY

La Vie et moi, récit
Conversations aux Champs Élysées,
Nouveaux dialogues socratiques

LO DUCA

Journal secret de Napoléon Bonaparte
Préface de Jean Cocteau

ALAIN LORNE

La Route brûlée, roman
Préface de Gilles Perrault

Les Quatre jeudis, roman

JEAN MAMBRINO

Lire comme on se souvient
Livres pour éclairer la solitude

ROBERT MARGERIT

L'Ile des Perroquets, roman

Le Château des Bois-Noirs, roman

La Terre aux Loups, roman
Préface de Georges-Emmanuel Clancier

Le Dieu nu, roman

La Révolution (4 vol.), roman

Les Amants, roman
Préface de Georges-Emmanuel Clancier

JEAN MALAQUAIS

Les Javanais, roman

Journal de guerre, suivi de *Journal du métèque*

Planète sans visa, roman

Correspondance avec André Gide, 1935-1950

Le Gaffeur, roman

MICHEL MARTY

La Beauté du diable, roman

L'Ile Rouge, roman

CÉDRIC MORGAN

Cet hiver-là, roman

Les Ailes du Tigre, roman

L'Enfant perdu, roman

Le Bonheur en douce, roman

JEAN-MARC MOURA

Gandara, roman

PAUL NOTHOMB

N'y être pour rien, roman

Non Lieu, essai

Le Délire logique, roman

Le Second récit

L'autre lecture de la Genèse, essai

La Rançon, roman

ROGER RABINIAUX

Impossible d'être abject, roman

PATRICK REUMAUX

Inamorata, roman

Le Gouverneur sans âme, roman

Chasses fragiles, récits

Le Venin des Borgia, chronique

MARTINE ROFFINELLA

Elle, roman

Mise à nu, roman

Le Fouet, roman

ANNE-MARIE S.

Crue, roman

CLAUDE SEIGNOLLE

Marie la Louve, nouvelles
Préface de Lawrence Durrell

La Malvenue, récit

La brume ne se lèvera plus, roman

La Nuit des Halles, récits

Le Diable en sabots, récits

Le Rond des sorciers, récits

La Morsure de Satan, récits

MATHIEU TERENCE

Fiasco, roman

Journal d'un cœur sec, roman

MARC TRILLARD

Eldorado 51, roman

Tête de cheval, roman

Cabotage

A l'écoute du chant des îles, Cap-Vert, 1993

Si j'avais quatre dromadaires, récits

Coup de lame, roman

JAN VAN DORP

Flamand des vagues, roman

Le Voilier aux marionnettes, roman

Préface de Michel Le Bris

DANIEL VAXELAIRE

Grand-Port, roman

Cap Malheureux, roman

Les Mutins de la liberté, roman

L'Affranchi, roman

GEORGES WALTER

Les Enfants d'Attila, roman

Wingapoh !, roman

Les Pleurs de Babel, roman

Enquête sur Edgar Allan Poe, poète américain, biographie

DANIEL WALTHER

La Mort à Boboli, roman

Cet ouvrage
réalisé pour le compte des Éditions Phébus
a été mis en pages par In Folio,
reproduit et achevé d'imprimer
en janvier 2001
dans les ateliers de Normandie Roto Impressions S.A.
61250 Lonrai
N° d'imprimeur : 01-0234

Dépôt légal : février 2001
I.S.B.N. : 2-85940-709-X
I.S.S.N. : 1285-6002